C. M. ROBERTSON
BYLAND
95 HAWES LANE
WEST WICKHAM
KENT BR4 0DG

Amannan

amannan

SGIALACHDAN GOIRID

Pòl MacAonghais
Eilidh Watt
Pòl Mac a' Bhreatunnaich
Iain Mac a' Ghobhainn
Cailein T MacCoinnich
Dòmhnull Iain MacIomhair
Donnchadh MacLabhruinn

CHAMBERS

© 1979 Pòl MacAonghais, *Droch Am dhe'n Bhliadhna*;
Eilidh Watt, *Teine a Loisgeas, An t-As-creidmheach*;
Pòl Mac a' Bhreatunnaich, *Leigheas Dhòmhnaill Alasdair,
Tighinn Dhachaidh an t-Seòladair, An Gleann Dorcha*;
Iain Mac a' Ghobhainn, *Murchadh*;
Cailein T MacCoinnich, *Piobaireachd Dhòmhnaill Dhuibh*;
Dómhnull Iain MacIomhair, *Litir Dhonnchaidh*;
Donnchadh MacLabhruinn, *Oran Gaoil*

Air fhoillseachadh le U & R Chambers 1979

Gach còir gléidhte.
Chan fhaodar cuid sam bith dhe'n fhoillseachadh seo
ath-nochdadh, a thasgadh ann an comh-rian lorgaidh
no a libhrigeadh ann an cruth sam bith
no air mhodh sam bith, dealantach, uidheamach
no tre dhealbh leth-bhreac, clàradh no eile,
gun chead an toiseach bho U & R Chambers Teo.

Air a chlò-bhualadh am Breatainn
le MacGillemhoire & Gibb Teo, Dun Eideann

LAGE (ISBN) 0 550 21402 x

Chuidich an Comunn Leabhraichean Gàidhlig
am foillsichear gus an leabhar seo a chur an clò.

Clàr-Innse

1 **Droch Am dhe'n Bhliadhna**
Pòl MacAonghais
17 **Teine a Loisgeas**
Eilidh Watt
28 **Leigheas Dhòmhnaill Alasdair**
Pòl Mac a' Bhreatunnaich
32 **Murchadh**
Iain Mac a' Ghobhainn
42 **Tighinn Dhachaidh an t-Seòladair**
Pòl Mac a' Bhreatunnaich
52 **Pìobaireachd Dhòmhnaill Dhuibh**
Cailein T MacCoinnich
73 **Litir Dhonnchaidh**
Dómhnull Iain MacIomhair
79 **An Gleann Dorcha**
Pòl Mac a' Bhreatunnaich
85 **Oran Gaoil**
Donnchadh MacLabhruinn
95 **An t-As-creidmheach**
Eilidh Watt
101 **Na Sgrìobhadairean**

Pòl MacAonghais
Droch Am dhe'n Bhliadhna

Bha Ludovic 'na chabhaig, agus aithreachas air. Bha e air fuireach thall ro fhada air chéilidh. Dh'aindeoin nan rabhaidhean a fhuair e, bu ghann a thàr e nall as an eilean 's an làn reothairt a' tighinn 'na dheann. Gu dearbha, b'ann air eiginn − a bhriogais dheth 's am baidhseagail air a dhruim − a fhuair e nall gu Geàrraidh a' Bhota, dìreach mun do dhùin an fhadhail.

Thiormaich e e fhéin mar a b'fheàrr a b'urrainn dha le badan feòir agus dhìrich e chun an rathaid. Bha Eòghainn Mhurchaidh shuas air Cnoc 'IcPhàil aig caoraich. "Dhuine gun tùr," dh'eubh e nuas, " 'Sann ort a chaidh an sàbhaladh! Deich mionaidean eile 's bha thu bàite, cinnteach. Nach tu bha gun tonaisg, ge-ta." Ach cha robh ùine aig Ludovic fuireach ri còmhradh. Smèid e agus leum e air an dìollaid, 's e airson na b'urrainn dha de dh'astar a dhèanamh mun dorchnaicheadh i, 's gun lampa no dad eile air a' ghliogaid baidhseagail a bh'aige an iasad.

Bha rathad na mòintich timcheall nam bàgh 'na chùis uamhais le tuill 's le claisean, 's bha e gu math doirbh dha astar a dhèanamh. Bhiodh e na b'fheàrr dheth, ge-ta, nuair a ruigeadh e Aird a' Chlachair. Bhiodh an rathad tearradh agus a' ghaoth 'na chùl aige an uairsin. Shaoil e gun dèanadh e an Tobhta dheth ann an trì chairteil na h-uaireach mus biodh cus uallaich air Màiri Anna.

"Bidh mi air ais mun dorchnaich i," thuirt e mun do dh'fhàg e 'sa mhadainn. Thàinig i nuas cuide ris gu ceann an rathaid.

"Ma bhitheas, 'se chiad uair dhuit e," ars ise. " 'S neònach leam-sa mura téid thu shuiridhe dh'àiteigin air

2 Amannan

do thilleadh, mur do dh'atharraich thu. Ach mura nochd thu roimh mheadhon-oidhche, glasaidh mi'n dorus ort."

Rinn e gàire. 'Se dh'fhaodadh, is fhios aige nach dèanadh i dad dhe leithid. 'S iomadh uair, nuair a bha e dol do sgoil an Rubha agus e loidseadh aice, a bhiodh e muigh gu uair 'sa mhadainn; 's cha robh an dorus glaiste riamh.

"Feuch a neisd, 'ille, nach beir an làn ort. Ma chailleas tu an fhadhail, cuir fón thugam a Post Office an eilein. Bi cinnteach, a neisd, ma chailleas tu do shuim nach toir thu oidhirp air an fhadhail, mus bàthar thu. B'fheàrr dhuit cus fuireach thall gu madainn na thu fhéin a chur an cunnart a' greasad dhachaidh. Cuimhnich a neisd!"

Chòrd e ris mar a thuirt i "dhachaidh" mar siud, ged a bha a dhachaidh an diugh – nuair a bha e air tìr, co-dhiù – ann an Glaschu, cuide ri mhàthair. Bha ise toilichte gun tàinig e an taobh ud am bliadhna, a choimhead air na seann eòlaich a b'aithne dha nuair a bha e dol dha'n sgoil an sheo. Cha robh a' bhuain buileach seachad nuair a thàinig e agus thug e cuideachadh math do Mhàiri Anna a' chiad sheachdain an déidh dha tighinn. Bha Oighrig Mhór, a' chailleach, air fàs lapach 's cha b'urrainn dhi ceangal no togail a dhèanamh; agus cha robh Eóghainn, an gille, ach beagan is deich fhathast, ged a bha e dìcheallach gu leòr. Cha robh esan ach mu dhà bhliadhna nuair a chailleadh athair. An déidh an liuthad sàbhaladh a chaidh air iomadach uair ri droch shìde, chaidh Uilleam bochd a bhàthadh – e fhéin is Lachlainn Sheumais – air latha brèagha samhraidh, 's iad a' togail chliabh. Feadhainn a bha ràdh gun deach iad ro fhaisg air na boghannan 's gun do rug am bristeadh orra gun fhiosda. Co-dhiù, fhuair iad an t-eathar, 's i 'na spealgan, air an Rubha Gharbh agus na cuirp shuas a Tuath air an Tràigh Ghil, faisg air a' Chaolas Mhór.

Sean a' bhliadhna thàinig e dha'n sgoil an seo, agus cha robh Màiri Anna ceart as a chionn, 's i cho sàmhach, fad-as 'na dòigh aig an àm a chaidh e dh'fhuireach thuca

Droch Am dhe 'n Bhliadhna   3

an toiseach. Bha cuimhn' aige air Uilleam o'n a bha e'n Glaschu: duine mór socair, sàmhach. Cha tigeadh gàire ro thric air, ach nuair a thigeadh bhiodh aghaidh a' lasadh ann an dòigh a bha iongantach, mar a lasas aodann gill' òig.

B'ann nuair a bha Uilleam is Màiri Anna pòsda ann an Glaschu a chuireadh eòlas an toiseach orra. Ge b'e dé bu choireach, bha Uilleam trom air an deoch aig an àm. B'ann nuair a chaill e obair 's a dhachaidh, 's gun sgillinn ruadh no gheal aca, a rinn a mhàthair-san an rud nach do dhìochuimhnich Màiri Anna riamh. Thabhainn i fasgadh is dachaidh dhaibh gus an d'fhuair Uilleam e fhéin a chur air dòigh agus cothrom tilleadh a dh'obrachadh croit athar. Cha robh cuimhne ro mhath aig Ludovic air na bha tachairt 'sna bliadhnaichean a bha siud; bha e òg 's a ruith nan sràidean, gun for aige ach air a ghnothaichean fhéin. Ach is iomadh uair o'n uairsin a bheachdaich e gur ann aig a mhàthair a bha an cridhe 's a' mhisneachd, 's i fhéin 'na banntraich le sianar chloinne. Ach bhiodh moit air nuair a bheireadh Màiri Anna tarraing air, rud a dhèanadh i iomadach uair.

Bha e neisd a' tighinn am fianuis na h-Airde agus chitheadh e solus an tigh-sheinnse, ged nach robh biùg as na tighean eile fhathast. Ma bha'n rathad 'na uamhas roimhe, bha an truaighe buileach air a neisd. Bhiodh muinntir na h-Airde a' tarraing mhònadh air a' phìos seo dheth agus bha a bhuil air. Nuair a bhuail e 'sa ghroban mhór, thug am baidhseagail leum as agus thàinig an roth-thoisich a nuas air a' chloich le droch sgailc eagalach. Rinn e na damanaidhean cumhachdach nuair a chual e fead na gaoithe a' tighinn aisde. Stad e is dh'fhàisg e le òrdaig i, ach cha mhòr gu robh sad air fhàgail innte, 's i sìor fhalamhachadh. Bha fhios aige gum biodh bùtha Dhùghaill dùinte neisd, ach nan ruigeadh e'n tigh-seinnse 'na uair 's dòcha gum biodh cuideigin an sean le baidhseagail a bheireadh rud dha a chàireadh am blaigh inneil seo. Thog e air, 's e cuibhleadh a' bhaidhseagail roimhe agus an dorchadas a' tighinn. Ann an cairteal na h-uaireach bha e aig an tigh-sheinnse agus

4 *Amannan*

thug e'n aire gu robh grunnan bhaidhseagail mu'n dorus. Ach chunnaic e na b'fheàrr na sean. Bha an lòraidh mhór aig Murchadh Alasdair thall a measg nan càraichean. Bha Murchadh as an Rubha, pìos a Tuath air an Tobhtaidh, agus nam biodh e dol dhachaidh gheibheadh e suas cuide ris. Chuir e'm baidhseagail ris a' bhalla 's chaidh e stigh.

Nuair a dh'fhosgail e dorus a' bhàr theabadh a bhodhradh leis a' ghoileam 's an sgalartaich a bha roimhe an shean. Agus os cionn na goileim, guth Flòraidh: "Time, Gentlemen, Time! If you pleeze ... z ... z, now!" Bha i caran Gallda an déidh a bhith dà bhliadhna 'g obair ann a MacSorley's. Cha tug na daoin' uaisle móran feairt oirre. Chunnaic Ludovic gu leòr a b'aithne dha. Chrath iad an làmh aige 's rug iad air ghualainn air, agus bha feadhainn a dh'òrdaich drama dha, ged a bha e trang gan diùltadh. Ach bha cus uallaich air Flòraidh mu'n pholasman, 's cha chuireadh i nall an còrr do dhuin' aca. "Gruagach ghruamach na galla!" thuirt cuideigin air a chùlaibh. Dh'iarr Ludovic a leisgeul a ghabhail 's chaidh e null far am fac e Murchadh a' bruidhinn ri dithis eile.

Cha robh Murchadh ga aithneachadh an toiseach, ach an déidh dha deagh shùil a thoirt air dh'eubh e, "O seadh ... seadh ... seadh! Gill' Oighrig Chaluim! Chuala mi gu robh thu stigh cuairt. Thall aig Màiri Anna na Tobhta, nach ann? A Dhia, cha do dh'aithnich mi greim dhiot an toiseach. Tha thu air fàs cho mór o'n a bha thu 'sa sgoil. A dhuine bhochd, nach tusa-sean a dh'fhàs mór! *Puncture*, an tuirt thu? Aidh, siuthad ma-tha, bhalaich. Sad an cùl na lòraidh e 's bidh sinn a' falbh an ceartuair ... O, 'se do bheatha, gu dearbha, 'ille." Thill Ludovic a mach air a dheagh dhòigh. Nuair a fhuair e'm baidhseagail a thogail a dheireadh na lòraidh, shocraich e e fhéin 'san toiseach a' feitheamh Mhurchaidh.

Ach bha greis mun do nochd esan. Nuair a thàinig e mach mu dheireadh thall cuide ri fear as an Aird, cha tug iad sùil an taobh a bha e ach thionndaidh iad suas gu cùl an tigh-sheinnse. Mun deach iad a fianuis bha fear na

Droch Am dhe'n Bhliadhna 5

h-Airde a' toirt leth-bhotul as a phòcaid. Chan eil fhios
gu dé cho fad 's a bha iad aig cùl an tigh-sheinnse – mu
leth-uair co-dhiù, shaoil e. Ach nochd Murchadh mu
dheireadh agus leum e stigh ri thaobh.

Bha sraon math aca falbh, na rothan a' bleith 's a
sgapadh a' mhoil air bialaibh an tigh-sheinnse agus, ann
an tiotan, bha astar math aca suas a Tuath. Bha
Murchadh air dheagh fhonn, a réir cholais. Uaireannan
ghabhadh e òran, àird a chlaiginn, mar nach biodh duine
beò ann ach e fhéin, agus uaireannan thionndaidheadh e
ri Ludovic 's dhèanadh e còmhradh.

" 'Sann a Sruighlea a bha d'athair, nach ann?"

" 'Sann."

"Bu truagh mar a thachair dha'n duine bhochd.
Chan fhaca mi riamh e, ged a bha e stigh uair no dha.
Ach gu dearbha bha mi duilich nuair a chuala mi. Sianar
a tha 'san teaghlach, nach e?"

" 'Se, sianar."

"Agus 'se ainm do sheanar a th'ort-sa, nach e?" Bha
e riamh 'na fhasan aig Murchadh a bhith faighneachd air
fhios.

" 'Se – ainm mo sheanar," arsa Ludovic, 's e tuigsinn
cho beag 's a bha Murchadh a' saoiltinn dhe'n ainm
luideach seo a bha 'na bhreitheanas air duin' aig an robh
Gàidhlig.

Gun rabhadh, thog Murchadh a ghuth a rithist.

Saoilidh balaich bhios air chéilidh,
'G éisdeachd ris na chluinn iad,
Nach eil cèaird as fheàrr na'n Néibhi,
Gus an téid iad innte ...

Chaidh e iomrall 'san fhonn uair no dhà, thug Ludovic
an aire. Ach bha e mór leis a chuideachadh – eagal 's
nach e'n deoch, uile-gu-léir, bu choireach.

"Agus ciamar a tha mhuir a' còrdadh riut?"

"Fìor mhath. 'S math a bhith cosnadh."

"Aidh, 's math, tha mi cinnteach. Chan fhada gus am
bi thu 'nad oifigeach, dé?"

"Dà bhliadhn' eile, ma bhios mi air mo chumhnadh.

6 *Amannan*

'Se sean ma théid agam air an tiocaid."

"O, 's tusa nì sean, a bhodaich. Théid mise 'n urras. Cha bhi dìreach strì agad 's tu cho math air an sgoil, tha mi cluinntinn."

Bha gealach bhuidhe an fhoghair air éirigh os cionn na beinne, thall a Tuath orra, agus bha i deàrrsadh air lochain bheaga na mòintich a bha nochdadh riutha an drasda 's a rithist eadar na cnuic. B'ann gu math lom, ònrachdanach a bha a' mhointeach a' coimhead a nochd. A réir a mhàthar, 's iomadh fiadh a thug a sheanair air a dhruim tarsainn na dearbh mhòintich an déidh a bhith sealg 'sa Bheinn Mhóir. A dh'aindeoin geamairean, cha robh éis air teaghlach a mhàthar fhad 's a bha'n seann fhear beò. Ach bha a' mhointeach an siud fhathast ged nach robh esan, no eadhon làrach a bhrògan oirre an diugh.

Bha iad a neisd a' teannadh a null gu Dun Uisdein, far an robh an dà rathad a' coinneachadh. B'iad seo rathad na h-Airde, air an robh iad, agus an rathad a mach gu Loch an Fhìdhleir, far am biodh am bàta a' tadhal.

Bha bùtha is Post Office Eachainn Bhig an sheo agus sia tighean eile air an togail ri bruaich na h-aibhne a bha ruith a nuas o'n mhonadh. "Bha mi muigh an taobh sin feasgar," arsa Murchadh 's e gnogadh a chinn an taobh a bha rathad Loch an Fhìdhleir, "a' togail *stuff* a thàinig air a' bhàta. 'S fhad' o dh'fhaodainn a bhith dhachaidh, ach bha min agam le Dùghall, shìos 'san Aird."

Thug Ludovic an aire gu robh Murchadh a' coimhead a null 's a nall mar gu robh móran air aire agus, an ceann treise, stad e'n t-einnsean, is leig e leis an lòraidh ruith ris an leathad. Nuair a bha iad mu choinneamh ceann bùth Eachainn, tharraing e air a' chuibhill 's chuir e a toiseach a null air an fheur ri ceann an tighe, agus stad iad an shean fhéin. Cha robh duine mun cuairt, no air ghluasad. Ann an sàmhchair na h-oidhche, ann an saoghal fo ghealaich, shaoileadh tu nach robh anam a' tarraing anail ann an Dun Uisdein ach iad fhéin.

Bha guth Mhurchaidh ìosal, cagarach, 's e streap sìos.

Droch Am dhe'n Bhliadhna 7

"Gnothach beag agam a stigh an seo, 'ille. Fuirich thusa seo. Cha bhi mi fada, bhalaich. Dìreach tiotan." Dhùin e'n dorus air a shocair, 's chaidh e timcheall chun an doruis chùil, a' dèanamh a dhìcheall ri coiseachd air a chorra-biod.

Chuir Ludovic seachad a' chiad chuid dhe'n ùine a' feadaireachd 's a gabhail phort fo anail, agus e'n duil gu nochdadh am fear eile uair sam bith. Ach thug e'n aire mu dheireadh gu robh a h-uile duine 'sna tighean mun cuairt air na soluis a chur as agus air a dhol a chadal. Sheall e rithist air an uaireadair. Bha còrr is uair o'n a stad iad! Dh'fhàs e an-fhoiseil agus gu math crosda a neisd, 's e faireachdainn an fhuachd 'na chnàmhan.

Leum e sìos chun a' chnuic agus thòisich e air stampadh a chasan 's a' bualadh a làmhan. Ach sgial no fathann cha robh air Murchadh. Esan 's a thiotan! Smaoinich e gun toireadh e sùil air a' bhaidhseagail agus chuir e cas air an roth-dheiridh is shreap e suas ris a' chliathaich.

Bha e trang a' suidheachadh a' bhaidhseagail na b'fheàrr an tacsa ri poca gràin, nuair a dh'fhairich e gluasad air a chùlaibh. Gu h-ealamh, bha dhà làimh air taobh na lòraidh agus a chalpannan a' teannachadh deiseil airson cruinn-leum a dhèanamh sìos chun a' chnuic. Ach dh'fhan e gun ghluasad agus a mhisneachd a' tilleadh thuige nuair a chual e cnead beag socair, 's a thuig e dé bh'aige. Chaidh e suas, 's chaidh e na chrùbadan ri thaobh.

Bha an laogh òg 'na laighe air fhuaigheal ann am poca, 's gun ris dheth ach an ceann 's an amhach. Cha robh cothrom éirigh no sìnidh aige agus bha droch chrith air leis an fhuachd. Laogh òg, Hearach a bh'ann, 's gun e ach mu thrì no ceathair a sheachdainean, cuid dhe'n *stuff* a thog Murchadh aig a' bhàta roimh mheadhon-latha. Thug e dha a chròg is thòisich an laogh ri deoghal. Leis an làimh eile shuath e a dhruim 's an loch-bhléin, gus an do dh'fhairich e an t-seice, a bha cho aog 's cho fuar fo'n phoca, a' fàs na bu bhlàithe 's an fhuil a' ruith na b'fheàrr air fheadh. Ann am beagan ùine

8 Amannan

thàinig faochadh air a' chrith a bha am bodhaig a' bheathaich. Chuir e làmh an uairsin a stigh aig bonn a' phoca is thug e suathadh math air na glùinean beaga, cruaidhe. Thug e sùil mun cuairt agus laigh a shùil, a dh'aindeoin an dorchadais, air pìos math canabhais a bha 'san deireadh a measg na trealaich eile. Dh'fhosgail e mach caob math dheth is sgaoil e air an ùrlar fhuar e. Thog e ceathramh-deiridh an laoigh air uachdar agus an uairsin na casan-toisich, gus an robh am beathach 'na laighe gu dòigheil air. Phaisg e'n còrr dhe'n chanabhas air uachdar, a' cumail na gaoithe bhuaidhe. Chrom e chun a' chnuic agus ghabh e timcheall chun an doruis chùil.

Cha do fhreagair duine an gnogadh cruaidh a thug e air an dorus agus mu dheireadh dh'fhosgail e a' chòmhla agus chaidh e stigh dha'n dorchadas. Cha robh fhios aige an toiseach càit air an t-saoghal an robh e, leis cho dorcha 's a bha'n tigh; ach thug e'n uairsin an aire, troimh'n dorus air a làimh dheis, gu robh biùg sholuis air choireigin 'san rùm sean, agus dh'fhairich e fhàileadh làidir a' pharabhain. Nuair a nochd e stigh bha fear ann 's a chùlaibh ris, 's e feuchainn ri *funnel* a chur air lampaidh a bh'air a' bhòrd mu choinneamh. Cha robh air ach a léine 's a dhrathais, agus brògan tacaideach mu chasan 's na barr-eill fuasgailte. Bha mhuilicheannan slaodte ris; 's bha chasan rùisgte, gun stocainn, am broinn nam brògan. Ged a bha bliadhna no dhà bho nach fhac e e, cha robh e doirbh sam bith cumadh cruinn Eachainn Bhig aithneachadh. Cha robh e doirbh na bu mhò a thuigsinn carson nach robh dol aige air an lampa chur air doigh. Chual e fead na h-analach aige agus chunnaic e mar a bha e tulgadaich. A bharrachd air samh a' pharabhain, bha fhàileadh eile 'san rùm − fhàileadh na deoch a' tighinn làidir far anail Eachainn. Rinn Ludovic casad beag agus thionndaidh Eachann 's rinn e amharc gheur air, ged a bha shùilean gu dùnadh 'na cheann.

"Dad ort, dad ort, 'ille. Aha! Tha thu agam a neisd. Ludovic, nach e? Ludovic Oighrig Chaluim! Bha mi

Droch Am dhe'n Bhliadhna 9

dìreach a' smaoineachadh gun cuala mi gnogadh. Có as a nochd thu?"

Thàinig Ludovic air adhart agus chuir Eachann am *funnel* gu cùramach air ais air a' bhòrd is rug e cho sòlumaichte air làimh air 's gu saoileadh tu gur e'm ministear a bh'air tadhal.

"Dé do chor, a laochain, dé do chor?"

Bha deathach dhubh, ghrànda a' tighinn a siobhag na lampadh, air thuar an tacadh le droch fhàileadh.

" 'S dòcha gu bheil a' ghlainne ro theth," arsa Ludovic. "An fhaod mi ...?"

"Aidh, siuthad, a bhalaich. Cha dèan mi fhìn dìreach steam dheth gun na speuclairean. 'S chan eil fhiosam o na runn ... o na runnag ... runnagan ruadha, càit an deach na bugair rudan idir, idir."

Fhad 's a bha Eachann a' strì ris an aileig, chuir Ludovic am *funnel* dòigheil air an lampaidh agus chuir e sìos an t-siobhag mus sgàineadh a' ghlainne leis an teas. Sguir an ceo 's an samh mì-thlachdmhor agus sgaoil an solus boillsgeach do gach oisean dhe'n rùm. Bha Eachann air a dhòigh. "Ah! Mo bheannachd ort, 'ille. Chì sinn a neisd dé tha sinn a' dèanamh. Siuthad, a laochain, fosgail am preasa sean thall, 's thoir a mach botul is glainneachan. Gabhaidh tu fhéin a neisd drama cuide rium. Cha mhisd' thu idir i, 's tu fuar."

Chaidh Ludovic a null, ach ged a bha glainneachan ann cha robh sgial air botul am broinn a' phreasa.

"Ach a shìorruidh, càit idir an deach e?" ars Eachann nuair a chual e seo. "Dad ort, ge-ta, dad ort, 'ille." Thòisich e air sporghail air feadh an rùm 's air cnuasachd feadh dhrathraichean is eile, agus e brunndail ris fhéin fad na h-ùine.

"Fuirichibh mionaid, Eachainn, fuirichibh. Tha laogh Hearach a muigh an siud agus —"

"Laogh? Dé laogh? Eil e air an rathad?"

"Chan eil, chan eil. Laogh Hearach a th'ann. Tha e 'sa lòraidh."

" 'Sa lòraidh? A dhuine, nach iad a tha diabhlaidh gu streap."

10 Amannan

"Laogh a thàinig air a' bhàta th'ann. An diugh. A Loch an Fhìdhleir. Eil drudhag bhainne stigh a gheibheadh e, 's e gun bhainne, tha mi creidisinn, o'n a dh'fhàg e'n Tairbeart?"

"O, seadh, seadh. Bainne? O, chan eil, a bhalaich … chan eil … chan eil a stigh an seo …" Thàinig an aileag dona a rithist air. "Chan eil an seo na fhliuchadh teanga na piseig. Bhó air an t-seasgach, eil fhios agad. Tha bho chionn … ùineachan is ùineachan." Sheas e greis a' tulgadaich, 's e feuchainn ri cuimhneachadh cuin a thug a' bhó bainne mu dheireadh.

"Ach, coma leat dhe'n laogh! Chan eagal dha! Suidh thusa sìos an shean air do thòin agus gabh òran."

"Mu'n taca-sa? Dhia, chan eil math dhomh!"

"Có tha ràdh sean? 'Sann agad a tha! Suidh thusa sìos agus dèan an rud a thathar ag iarraidh ort. Ma tha feadhainn 'nan cadal, tigh na galla dhaibh! Nach math an dùsgadh a gheibh iad. Siuthad a neisd, gabh comhairle. Ma tha thu cho math 's a bha thu 's fhiach dhaibh d'éisdeachd."

"Eachainn, tha e còrr is meadhon-oidhche −"

"Ma thogair eile."

"Uill, feumaidh mi ghabhail air mo shocair."

"Carson, a Dhia? Dèan langan ma thogras tu, 'ille. Dìreach langan. Siuthad a neisd, fear sam bith a thogras tu."

" 'N aithne dhuibh *'S trom an t-eallach an gaol?*"

"O shìorruidh, bheil e agad? Uineachan o nach cuala mi e. Gabh e, gabh e!" ars esan 's a shùilean a' lasadh.

Thòisich Ludovic air a shocair; e'n toiseach coma ach an t-òran fhaighinn seachad air dhòigheigin. Ach mar a chaidh e air adhart, cha robh dòigh air an fhonn òhrèagha 's air na seann fhaclan a ghabhail ach mar a b'fheàrr a b'aithne dha. Bha Eachann 'na shuidhe 's a shùilean dùinte agus bha làn amharus aige gu robh e air tuiteam 'na chadal. Chum e air co-dhiù leis an òran, a dh'innis mu'n acain a thàinig uaireigin a cridhe leòinte. Nuair a sguir e, dh'fhosgail Eachann a shùilean 's thug e fàsgadh air a làimh.

Droch Am dhe'n Bhliadhna 11

"O, dhuine, dhuine, dhuine! Nach bochd nach robh do chomas agam. Bha siud dìreach iongantach. Bha gu dearbha." Cha mhór nach robh e caoineadh.

"Neisd! Cuimhnich air fear eile! Chan eil do chas a' falbh as a seo gu'n cluinn mi fear eile." Dh'éirich e 'na sheasamh agus greim aige air iomall a' bhùird mus tuiteadh e. "Tha cuimhn' agam a neisd càit an do chuir mi'm botul agus 's tusa a b'airidh air drama, 'ille. 'S tu gu dearbha. Dad thus' ort agus ... mura bheil e far a bheil mi smaoineachadh, bidh drudhag aig Murchadh Mór fhéin, théid mi 'n urras."

"Eachainn, ma tha Murchadh an seo, iarraibh air greasad air 's mi airson falbh."

Thionndaidh Eachann 's chuir e chuideam air a' bhòrd, taobh thall na lampadh. Bha fiamh seòlta 'na shùil. Bheachdaich Ludovic air a' chop a bha mu'n bhial aige 's air an fhalt nach fhaca cìr bho nach b'fhios cuin. Bha solus na lampadh a' dèanamh chlaisean dorcha anns na busan rocach a bha dearg le rudhadh na deoch.

"Murchadh? ... Ho ho! Esan ... Thig esan nuair a bhuaileas e 'na cheann, a bhalaich. E trang a' suiridhe, eile fhios agad. Air Mairead ... Uill, mar a thuigeas tu fhéin, cha chuir dad cabhag air suiridhiche. Mura cuir teine, no crith-thalmhainn, no gunna ri thòin. Cha chuir gu dearbha."

Dhìrich e dhruim mar a b'fheàrr a b'urrainn dha. Ach thug an oidhirp cus as a chorp agus cha robh e gleidheadh a sheasamh-cas ach air éiginn. Thòisich e air tulgadaich, 's a shùilean a' sìor dhùnadh. Rinn Ludovic deiseil gu leum gu taobh thall a' bhùird 's a ghlacadh mus tuiteadh e. Ach le oidhirp mhór eile, chaidh aig Eachann air a shùilean fhosgladh agus thuirt e, "Fuirich thus' ort, a Ludovic, an sheo, is gheibh mise drama dhuit gun teagamh. Gheibh, gheibh, a bhalaich, na biodh eagal ort. Ssh! Ssh! na can guth a neisd." Chuir e corrag ri bhial 's bha "Ssh! Ssh!" aige mach an dorus agus sìos gu ceann shìos an tighe. Bha bhrògan a' dèanamh turtar a dhùisgeadh na mairbh.

Bha an tigh mór, caran ìosal air a thogail agus na

12 *Amannan*

h-uibhir de rumannan ann. Ged a bha an dorus air dùnadh as a dhéidh, chuala Ludovic fuaim nam bròg feadh nan rumannan a bha shìos. Ach ann an tiotan chual e fuaimean eile. An toiseach an cnead a rinn Eachann mar gum biodh e air bualadh ann am balla no an ursainn, agus an uairsin fuaim mar gum biodh corp a' tuiteam air ùrlar. Rug Ludovic air an lampaidh agus leum e chun an doruis.

"Eachainn! Dé thachair? Eachainn?"

Ach cha tàinig freagairt no eile thuige as an dorchadas a bha shìos. Sheas e greis ag éisdeachd agus an uairsin chual e ... srann cruaidh na daoraich. Ach bha e pìos bhuaidhe. Bha e mòr leis a dhol na b'fhaide, 's e gun eòlas, gun fhiathachadh, far an robh e. Ge b'e càit an do thuit Eachann, bha e air cadal far an robh e is bhiodh e ann gu madainn, a réir cholais. Thill e'n lampa chun a' bhùird 'san rum agus chuir e biùg oirre, mus do thill e mach chun na lòraidh.

Cha robh aige ach aon siogaireat air fhàgail agus las e i. Dh'fhairich e'm fuachd a rithist a' laighe air a chnàmhan, agus bha tuar a' gheamhraidh 'sa ghealaich nuair a sheall e oirre. Droch àm dhe'n bhliadhna, shaoil e, 's a shùil air luimead nan cnoc 's air farsaingeachd ònrachdanach a' mhonaidh. Fuachd is dorchadas is droch shìde agus a dh'aindeoin iodhlainnean làn, is gach ullachadh eile dhèanadh daoine, 's iomadh creutair a rachadh a dhìth mus tilleadh am blàths. Bha an geamhradh a' tighinn air Eachann cuideachd, shaoil e, oir bha e air a dhol bhuaidhe gu mór o'n a chunnaic e mu dheireadh e. Oidhcheigin, agus 's dòcha nach b'fhad' thuige, thuiteadh e 'san dorchadas 's chan éireadh e tuilleadh. Bha an fhearg a dh'fhairich e roimhe air traoghadh, ach bha an t-eallach seo a bha brùthadh a spioraid na bu truime na dh'fhairich e riamh. Chuimhnich e air a' bheathach a bha 'sa chùl. Cha robh cho fada o'n a bha esan a' purradh 's a bocadaich air croit 'sna Hearadh, a' ghrian ga bhlàthachadh is ùth a mhàthar ga chomhfhurtachadh. Ach a nochd bha e fuar, acrach, gealtach, 's gun e tuigsinn dé bh'air tachairt dha.

Droch Am dhe'n Bhliadhna 13

Ciamar a thuigeadh e aineolas dhaoine?

Leag e'n uinneag airson am bun a shadail a mach agus chual e coiseachd Mhurchaidh, 's e tighinn cabhagach. Dh'fhosgail esan an dorus agus leum e stigh air an taobh thall.

"Uill, uill. An t-àm againn falbh, dé? Chaill mi mo shuim, dìreach. Ach, cha bhi sinn fada! Cha bhi sinn fada neisd, coma leat. Bidh sinn aig an Tobhtaidh ann am mionaid."

Cha tuirt Ludovic guth gus an d'ràinig iad ceann an rathaid mu choinneamh tigh Màiri Anna. "Dé th'agam ri thoirt dhuit?" dh'fhaighneachd e, cho magail 's a b'urrainn dha, nuair a stad iad.

"O ... uill ... fuirich a neisd. Ach, nach can sin not fhéin?"

Cha mhór nach do rinn Ludovic lasgan, am mòthar bu mhotha rinn e riamh, leis cho mì-cholach 's a bha'n gnothach. Ach bha e air faicinn gu robh solus fhathast aig Màiri Anna, agus phàigh e Murchadh cho luath 's a b'urrainn dha agus thog e'm baidhseagail as an deireadh. Bha e air cromadh a nuas nuair a chuimhnich e air an laogh. Chuir e'm baidhseagail sìos a dhìg an rathaid, agus rinn e gu coiseachd timcheall chun an toisich. Ach mus do ràinig e'n dorus b'fheudar dha leum air ais, is Murchadh air falbh 'na chabhaig.

Bha Màiri Anna air fuaim na lòraidh a chluinntinn. Nuair a bha e a' cur a' bhaidhseagail an tacsa ris a' chruaich, bha i aig an dorus, a cumadh dubh eadar e 's an solus.

"Coma leat dheth. Caith am badeigin e is greas ort a stigh, 's i cho fuar." Bha i cumail a' guth iosal, mus dùisgeadh i càch. Nuair a dhùin e'n dorus dh'aithnich e, ged a bha faobhar an uallaich 's na mì-fhoighidinn 'na guth, nach robh i cho crosda 's a shaoil e bhiodh i.

"Cha robh fhiosam dé bh'air tachairt dhuit. Càit idir an robh thu chun a seo?"

Ann an dòigh nach robh e tuigsinn ro mhath, cha robh e airson an fhìrinn ìnnse. B'fheàrr dha cuideachd gun iomradh a thoirt air an not, air neo bhiodh i null a'

14 *Amannan*

chiad rud 'sa mhadainn a thoirt na h-aghaidh air Murchadh, 's gun dad aice mu dheidhinn co-dhiù.

"Tha mi duilich, a Mhàiri Anna. Air m'onair. Cha robh mi airson a bhith cho anmoch seo, ach fhuair mi *puncture* air rathad na mòintich 's cha robh dad agam a chàireadh e. B'fheudar dhomh tòiseachadh air coiseachd gus an do rug Murchadh orm, dìreach an taobh-sa dhe'n Dùn."

Bha a làmh air a' choire, 's i coimhead air gu dùrachdach. "A dhuine bhochd! Shìorruidh, nach tu bhios sgìth! Suidh a bhos aig an teine, 's ni mi drudhag tì. Chan eil agam ach brioscaidean. Tha fhios g'eil an t-acras ort. An dèan iad an gnothach?"

"Nì, nì, fior mhath. Tha mi coma fhad 's a gheibh mi balgam tì."

Nuair a lìon i a' phoit, chaidh i null chun an dreasair. "Dad ort, fhad 's a bhios an tì a' tarraing, b'fheàirrd thu drudhag dhe seo." Chuir i'm botul 's a ghlainne air a' bhòrd. "Seo am botul a thug thu fhéin dhachaidh," ars ise. "Nach sinn a tha air a bhith stuama, ge ta, 's gun móran air a thoirt as!"

Bha i air ais 's air adhart chun a' bhùird le cupannan is brioscaidean, 's i còmhradh a null 's a nall. Bha a guth socair a neisd, 's an t-uallach air falbh dhith. Thug e'n aire cho sgiobalta 's a bha i, le gùn-dreasaigidh air a cheangal teann mu meadhon agus sliopars ùra, uaine air a casan. Gu dearbh bha an rùm, 's an tigh uile-gu-léir, cho glan 's cho comhfhurtail a' coimhead an déidh tigh dràbhail Eachainn.

"Deach thu chadal idir?"

"Chaidh. Rinn mi beagan norradaich greiseag ach, och, cha b'urrainn dhomh cadal dòigheil. Mu dheireadh dh'éirich mi, 's rinn mi beagan fuaigheil. Bha Eóghainn a bhos greiseag. Cha chreid mi nach robh beagan uallaich air fhèin mu d'dheidhinn, cuideachd. Ach ruaig mi sìos air ais e, nuair a bha e teannadh air meadhon-oidhche, 's bha e 'na shuain ann an tiotan. Tha chailleach 'na suain i fhéin, o chionn fada. Ach coma leat – 'sa mhadainn bidh i gearain nach d'fhuair i norradh fad na h-oidhche!"

Droch Am dhe'n Bhliadhna 15

Thug i nall a' phoit-tì, is shuidh i mu choinneamh aig a' bhòrd, a làmhan paisgte fo h-uchd. Le blàths na tì agus an uisge-bheatha 'na bhroinn, agus teas an teine air a shliasaid, dh'fhairich e comhfhurtachd a' laighe air a chom. Dh'fhairich e cuideachd sonas iongantach. Thug e'n aire mar a bha i air a falt a leigeil sìos agus mar a bha seo a' cur dreach na b'òige oirre air dhòigheigin. 'S cha robh duine 'nan dùisg ach iad fhéin. Chrom i nall ris tarsainn a' bhùird agus thug e'n aire, nuair a thog e shùil gu cabhagach o'n bhroilleach aice, gu robh fiamh a' ghàire 'na sùil.

"Inns a neisd an fhìrinn. Cait an robh thu?"

"Cha do chreid thu diog dhe na ..." Rinn Ludovic gàire, 's e faireachdainn aodainn a' fàs dearg.

"Cho luath 's a thàini' tu stigh, 'ille, dh'fhairich mi fhàileadh a' chruidh asad. Feumaidh mar sean gu robh thu am bàthach air choireigin – a' suiridhe, tha mi cinnteach."

"O, sean agad an laogh! Bha e deoghal mo chorragan, nuair a stad sinn."

"Nuair a stad sibh? Dé bha sibh ris?"

Cha robh dol as ann a neisd ach a h-uile dad a thachair ìnnse dhi o'n mhionaid a bhuail e 'sa chloich chroiseil ud, a muigh 'sa mhòintich. Anmoch 's gu robh e, shuidh i is dh'éisd i ris agus dh'fhairich e a ghuth 's a ghiùlan a' fàs na bu dàine. Nuair a dh'éirich i a sgioblachadh a' bhùird, dh'éirich e fhéin cuideachd a thoirt làmh dhi le na cupannan 's na truinnsearan, 's i deònach an nighe. Thug iad a stigh feadhainn an urra dha'n chidsin.

Bha a' ghaoth air atharrachadh 's air neartachadh a neisd, thug Ludovic an aire. Chual e fead fhuar mu na h-ursainnean agus shaoil e gur ann a bha iad mar fhear is bean, seasgair 'sa chidsin bheag, bhlàth seo a' sìneadh shoithichean dha chéile. Ach uair dhe na h-uaireannan, shin e cupa thuice agus cha do rug i dòigheil air. Thug i boc aisde, as a dhéidh, ga ghlacadh, agus theab i tuiteam. Chuir e làmh a mach cabhagach a chumail tacsa rithe. Aig an dearbh àm ghlac a shùil far an do

16 *Amannan*

dh'fhosgail broilleach a' ghùin beagan, agus fhuair e sealladh aithghearr dhe na cìochan geala, cumadail. Rinn ise tapag 's an uairsin lasgan, taingeil nach do thuit i 's nach deach an cupa 'na spealgan. Bha a làmh air a gualainn agus dh'fhairich e'm falt aice a' slìobadh caol a dhùirn. Nuair a theannaich a mheòirean sheall i air, iomagaineach, an clàr an aodainn. Bha buile a' ghleoc an ath dorus cho cruaidh ri brag an ùird agus chual e fead na h-analach aige fhéin.

Ach shìos aig a' chladach bha a' ghaoth pheithreach a' bualadh mu na creagan 's mu na bàigh, 's a' dèanamh air an tigh. Chual iad a' tighinn i. Thàinig fead is brùthadh feargach, glamhach air an dorus a muigh, agus an uairsin na clachan-meallain air an uinneig. Cha do mhair e ach mu leth mionaid agus bha a làmh fhathast air a gualainn. An déidh sùil uallachail a thoirt air an uinneig, sheall i air ais air.

"Mhàiri Anna —"

"A ghràidh, dad ort. Cha bhiodh e iomchuidh."

Bha a guth cho ìosal 's gur gann a ghlac e na thuirt i. Thionndaidh i bhuaidhe air ais dha'n rùm, ged nach robh iad deiseil dhe na soithichean. Thug e'n aire gu robh i air chrith, 's nach b'e fuachd na h-oidhche no cion a' chadail bu choireach. Thòisich i air smàladh an teine, cabhagach, 's gun i ràdh guth. Mu dheireadh thuirt i, thar a guailne, "Nach ann an siud a bha ghaoth eagalach? Cha chreid mi nach b'fheàirrde mi fhìn té bheag mun téid mi chadal. Lìon té dhuit fhéin cuideachd."

Lìon e na glainneachan mar a b'fheàrr a b'urrainn dha, 's a' chrith fhathast 'sa làimh aige.

Nuair a chuir e as an solus 'na rùm fhéin 's e 'sa leabaidh, bha a' ghealach soilleir, fuar os cionn gualainn na beinne. Bhiodh reodhadh ann cinnteach roimh mhadainn. B'ann nuair a chuir e bhuinn air a' bhotul-theth, 's a shocraich e e fhéin ann am blàths na leapa, a chuimhnich e air an laogh Hearach – fuar, gealtach fo'n chanabhas.

Choisinn an sgialachd seo a' chiad duais anns a' cho-fharpais.

Eilidh Watt
Teine a Loisgeas

Bha iad a' toirt an teachd-an-tìr far muir is fearann, is an cois sin bha na h-aodainn aca air am preasadh is air an rocadh le gréin is gaothan mara, an sùilean air an caogadh an aghaidh dealradh uisge. B'annasach mar sin, do'n leithid, an obair ris an robh iad an ceartuair. Bha'n dealbh air an robh iad a' dian-amharc cho inntinneach dhaibh is gu robh fiamh beothail a' ghàire air a shnaidheadh air an dà aodann rocach. Bha na fir air a bhith 'nan suidhe gu sàmhach fad mhionaidean mun tuirt Samaidh, gun a shùil a thogail, "Eil fhios agad, chan e idir seann bhrògan sam bith a tha'n seo. Is e th'ann ach brògan Choinnich, agus brògan Choinnich a mhàin. Air m'onair, is ann a tha iad a' cur crith 'nam fheòil le co-fhaireachadh airson cràdh a chasan crasgach. Is am faca tusa Coinneach riamh gun snaim air a bharr-iall, dìreach air uchd na coise?"

"Mmmm, uill …" arsa Dòmhnall, "ach an ruigeadh e a leas leithid a dh'eabar a chur riutha?"

"Tha eabar am pailteas mu'n àite aig Labhruinn an ceartuair, is cha b'e Coinneach am fear nach stialladh roimhe gun fhaireachadh air clàbar ri bròig. Eil fhios agad, tha amharus agam gu bheil Labhruinn còir gar leughadh-ne nas fheàrr na tha sinn fhìn a tha riamh eòlach air a chéile."

Cha do chuir am beachd seo móran sunnd air Dòmhnall ged dh'aontaich e ris. Air seòl-mara is sìde bha tuigse aig Dòmhnall, ach cha robh e ag agairt tuigse dhomhainn air nì sam bith eile. Ach air an làimh eile bha Labhruinn is a dhòigh-beatha a' brosnachadh iomadh ceist air nach robh freagairt aca ann an inntinnean feadhainn a bha a' gabhail orra fhéin barrachd tuigse a

18 Amannan

bhith aca na bha aige-san. An dràsda cha tuirt e ach, "Chan eil mi ag ràdh nach eil an fhìrinn agad."

B'ann an tigh Labhruinn fhéin a bha iad 'nan suidhe ged nach robh Labhruinn fhéin 'san làthair. Bho chionn aon cheithir bliadhna cheannaich Labhruinn seann tigh-croiteir le bàthaich is sabhal mór. Bho'n àm sin rinn an coigreach a dhachaidh 'nam measg, is sin gu fridiombach. Dh'fhàg e an tigh-còmhnaidh is a' bhàthaich mar a bha iad gus am faigheadh e cothrom air tìde, ach gun dàil ghabh e an greim 'san t-sabhal. Chan aithnicheadh fear nach robh roimhe eòlach air gum b'e sabhal a bha riamh ann. Ann an aon cheann an tighe chuir e àite teine far am biodh bradhadair aige le fiodh a thigeadh air cladach, le mòine a bhuaineadh e fhéin is – nam b'fheudar dha – le gual. Chionn 's gun tug e, ar leotha-san, mìltean nach b'fhiach e air an àite, cha b'e Samaidh is Dòmhnall leotha fhéin nach robh a' tuigsinn carson a bha e, is gun choltas gainne airgid air, ri siubhal nan cladach fhuara is ri mòine a ghabhail fo'n chuileig mheanbh. Ged nach robh iad ga thuigsinn cha do chum sin iad gun làmh-chuideachaidh a thoirt dha, gun a bhith a' gabhail math a theine gu tric. Làimh ris an teine bha leabaidh aimhleathann agus àirneis tighe eile, bòrd is séithrichean – na bha a dhìth air duine stuama. Is bha leabhraichean ann, is bha iad air feadh an tighe, air bonn uinneige is air an làr.

Bha Labhruinn fhéin dòcha beagan na b'òige na na fir, dòcha a' bualadh air an dà fhichead – duine àrd, caol, dorcha le falt dubh 'na chaisleagan mu chùl amhaich, ach an fhiasag air a bearradh gu goirid, eagnaidh mu chnàimh a pheircill. Mar a thuirt Samaidh, leis nach bu toigh fiasag mhór, dhùinte a' falach an aodainn: "Tha'n fhiasag aig Labhruinn a' dèanamh an aon mhath do'n aodann is a tha céis a' dèanamh do dhealbh. Is cinnteach ma thaghas Labhruinn céis a chuireas snas air dealbh gun tagh e an seòrsa fiasaig a chuireas snuadh taitneach air aodann fhéin."

Cha robh Samaidh daonnan ri bhith a' toirt breith de'n t-seòrsa seo agus is dòcha gum b'e seo tarraing a

Teine a Loisgeas 19

bh'aig Labhruinn orra, oir thug e ath-bheothachadh annta air aignean a bha a' sìoladh gu bàs. Gun ghuth sheasadh Labhruinn ag amharc air muir thonn-gheal a' deoghal a stigh a maise. Sheasadh na fir iad fhéin gu luath, eòlach, a' meas dé am milleadh a bhiodh air cléibh ghiomach; is an uairsin gun ghuth, a' cuimhneachadh air an àilleachd bhorb a chuir iad fhéin fo a gisreagan 'nan òige, ged b'fhada nis bho'n fhuair iad smachd oirre Ann an seagh bha a thuigse-san air nàdur na cruitheachd a' gearradh sgleò far an sùilean is a' toirt fradharc as ùr dhaibh; ann an seagh eile bha a bheachdan cho annasach, neònach is gu robh iad, le'n deòin, a' dùnadh sùilean na h-inntinne air eagal gun cuireadh e iad air slighe nach do thagh iad dhaibh péin. Airson am math fhéin cha robh iarraidh aca air làn-thuigse a bhith aca air beachdan Labhruinn.

Ach ann an dèanamh cha robh na fir ao-coltach ri chéile. Bha iad uile èasgaidh, ach ghluaiseadh Labhruinn na bu luaithe, na b'aotruime air a chasan na iadsan a chaidh a thogail, bho'n bha iad 'nam balaich, ri obair chruaidh air nach robh taghadh aca. Bha na fir, d' am b'aithne iad fhéin a chumhnadh gu uair na feuma, na bu ruighinne na esan. Mar a thuirt Samaidh, "Is sinne 's fhaide a mhaireas a dh'aindeoin deacaireachd."

Cha robh eagal air Labhruinn a làmh a shalach, is thionndaidheadh e gu teòma ri iomadh gnìomh – ri obair airgid, ri obair chreadha, ri dealbhadaireachd. Ma bha cèaird aige a thaghadh e mar phrìomh obair, cha robh fios aca.

Cha robh an dòigh a bha e air a chòmhdach a' cur sgaradh eadar e fhéin is na fir, oir nuair a bha Labhruinn ri cuibhle a' chrèadhadair bha té de na brògan aige air a cosg tarsainn a' bhuinn gus am b'ann air ghainne a bha an t-uachdar air a chumail ri chéile. Aig an àm sin bha e a' cosg apran fada drògaid, a bha a' ruigheachd ionn's bho smeigead gu aobrannan. Bha grunnd dorcha-ghorm aig an apran, a bha air a cheangal gu teann mu mheadhon le teipichean, ach bha grunnd dorcha an aprain air a ghuireanachadh le cnapan beaga creadha is

20 *Amannan*

air a bhreacadh le iomadh dath. Shuidheadh na fir fad uairean a thìde air latha fliuch, gu sàmhach, is an sùilean air na làmhan, a' chrèadh fhliuch a' sgiortadh eadar na meòirean is a' ruith gu slaodach gu caol an dùirn, is soitheach ag éirigh gu cumte, eireachdail bho'n chuibhle.

Dh'fheuch Dòmhnall e fhéin a' chuibhle air turus is e airson poit-fhlùraichean – dìreach té bheag – a dhèanamh airson Peigi. Ged sheas Dòmhnall aig a' chuibhle, a theanga a mach air oir a bheòil leis an oidhirp a bha e a' dèanamh, is Labhruinn fhéin a' cumail na cuibhle a' dol gu mall, ghabh a' chrèadh am brath air. Theab Samaidh e fhéin a dhochann leis mar a ghàir e a' faicinn na làimh a bheireadh air tarbh air adhairc gun neart an aghaidh crèadh bhog. Theagamh nach deach soitheach riamh a dhealbh air cho beag cumaidh, ach cho do thill sin Dòmhnall bho iarraidh gun cuireadh Labhruinn e anns an àmhainn a' chiad turus a bhiodh e a' càradh a shoithichean fhéin innte. Cha robh Dòmhnall am beachd feum a dhèanamh dhith, agus cha robh feum innte, ach bha e airson a cumail mar chuimhneachan air a' mhionaid a bha siud nuair a chruthaich e nì fo làmhan. Ged bhiodh Samaidh ri magadh cha chanadh Dòmhnall ach, "Bu chòir dhuit fhéin fheuchainn. Ged nach deach agam-sa air an nì bu mhiann leum a chruthachadh cha tuig thu gus am fairich thu e air do shon fhéin. Tha tlachd neònach ann a bhith a' dealbh nì le d'làimh fhéin."

Airson ùine bhig thigeadh stad air fochaid Shamaidh, is e a' toirt fainear gu robh daighneachd ann an Dòmhnall a bha Labhruinn a' tuigsinn is air nach robh slat-thomhais aige-san ged thogadh e fhéin is Dòmhnall air an aon t-slios, ged chaidh iad do'n aon sgoil, ged bha earrann aca anns an aon bhàta-ghiomach.

Ged bha Labhruinn coma ged thigeadh fir an àite do'n t-sabhal fad 's a bhiodh e ri cuid de bheairtean, cha robh aige orra nuair a bhiodh e ri peantadh dhealbh. An uairsin chuireadh e air *smock* no dòcha seann léine airm; is ma bha grunnd odhar oirre uaireigin b'fhada bho dh'fhalbh an t-àm sin, is bha an t-ìochdar aice gu

Teine a Loisgeas 21

h-àraidh 'na chomharra air na dathan air an do chuir e feum, is air an do shuath e bruis. Air ceann na bùth-obrach de'n t-sabhal, bha uinneagan móra chan e mhàin air cliathaichean an tighe ach air a mhullach. Chionn 's gu robh mullach an tighe is na sailean-ceangail is na sailean-tarsainn gun sgàile eadar iad is an t-ùrlar, bha solus obrach aige air gach taobh. Ged nach do chuir e cùirteanan ris na h-uinneagan, rinn e còmhlaichean fiodha a bhiodh e a' cur riutha nuair nach bu mhath leis dragh a bhith ga chur air. Le solus an dealain is le uinneagan sgàilte, bha cead aige a bhith ris na beairtean a thogradh e. Ach mar bu trice bha an dorus fosgailte no, ma bha e glaiste, bha fios càit am faighte iuchair.

Nuair a bha Labhruinn bho'n tigh dh'fhaodadh gun tadhaileadh e ann an tigh-seinnse is gun gabhadh e glainne air sgàth companais. Ged bha faclan cùirteil taobh air thaobh cha chanadh na fir eile ris, "Dé do chabhag? Chan eil an oidhche ach òg fhathast" nuair a thogadh e air gu falbh. Dòcha nach do chòrd e ri fir a' bhaile gu robh fathann ann gu facas e tursan shìos aig camp nan ceàrdan. Is cha b'e gu robh dad aca an aghaidh nan ceàrdan fad 's a bha iad a' gleidheadh am modhan is an cleachdan fhéin gun dragh do neach eile. Bha na ceàrdan a nis air cùl a chur ri teantaichean mì-chuanna, ach bha iad fhathast a' cleachdadh làn na cagailte a bhith aca mu 'n suidheadh na fir a muigh ann an àite fasgach a' cur seachad tìde le cèol fidhle no ciste-chùil, no dìreach ri bruidhinn fhear fad 's a bha na mnathan is a' chlann-nighean ri'n cleasan fhéin. Ach a stigh.

Rinn Labhruinn dealbh de Sheumas Ruadh, an ceàrd, ach nuair a chunnaic Dòmhnall e is e thuirt e: "Coma leum dheth. Chuir e coltas an uilc air." Bha Labhruinn fhéin glé riaraichte leis a' mheas seo air obair is shuidheadh e fada ag amharc air.

Ach air seann aodann rocach Choinnich cha robh fiamh an uilc ri fhaicinn is cha tug na fir ach ruith-shealaidh air. B'e na làmhan is cumadh na bodhaig 'na h-aodach obrach a tharraing is a chum an aire.

"Nach iongantach leat-sa e," arsa Dòmhnall: "ged

bhiodh Coinneach fhéin anns an fheòil mu m'choinneamh an ceartuair is gann a leagainn sùil air. Ach shuidhinn fad na h-oidhche a' coimhead air a dhealbh."

"Tha e neònach gu dearbh," dh'aontaich Samaidh ris. "Is air chùl sin, saoilidh mi nach coimheadamaid fada air dealbh dheth air a togail le dealbhart. Saoilidh tu gu bheil tuigse aige-san air faireachadh gach nì a tha e a' dealbh. Eil fhios agad gur e rud neònach a th'ann."

"Seadh," arsa Dòmhnall le gàire, "is cha sealladh an dealbhart eabar a' leantainn ri bròig mar seo. Is e gibht a th'aig Labhruinn fhéin a tha gar cumail an seo nuair a bu chòir dhuinn a bhith a' dèanamh air dachaidh."

Leis na faclan bha Dòmhnall air a bhuinn, a' toirt sùil chùramach mun cuairt. "Saoil càit a bheil e fhéin an dràsda?" ars esan.

"Mur eil e an tòir air na boireannaich," fhreagair Samaidh gu h-aotrom.

Bha Dòmhnall a' smàladh an teine le ploc amh is a' cur dìon-theine ris air eagal gun éireadh oiteag ghaoithe a thogadh sradag. Chum e air, oir cha bu toigh leis clambar no cùl-chàineadh, ach thuirt e, "Nam biodh e airson a bhith an tòir nam ban cha bhiodh e ri cosg fàinne pòsaidh gus inbhe a chur air shùilean duinn."

"Direach. Duin' òg nach fhac a bhean, ma tha bean aige, airson ceithir bliadhna. Na bi thusa ag ìnnse dhomh-sa," arsa Samaidh, a bha am beachd gu rachadh aige air a' cheist seo a fhreagairt le ùghadarras an eòlais. "Eil fhios agad dé tha Eairdsidh Dhòmhnaill 'Illeasbaig ag ràdh? Tha esan ag ràdh gu bheil fàinne pòsaidh air meur Labhruinn is a leithid ag éigheach, 'Thigibh, a chlainnnighean, thigibh, ach biodh ur fuil air ur ceann fhéin'. Nach glan mar a chuir e e?" Ghàir Samaidh.

Ged a bha comharra na h-òige aotrom air briathran Eairdsidh cha chumadh sin gun an fhìrinn a bhith aige; is a' cuimhneachadh gu robh dithis nighean aige fhéin a bha teannadh air aois pòsaidh, cha do fhreagair Dòmhnall facal.

Gun an còrr bruidhne ghlas na fir an dorus is

Teine a Loisgeas 23

dh'fhalbh iad. Tilleadh Labhruinn nuair a b'àill leis, bhiodh an tigh seasgair, sàbhailte roimhe.

Ach ged a bha an dithis fhear sàmhach a' dol dhachaidh cha do chum sin nach tug iad iomradh air cruitheachd Choinnich fo làimh Labhruinn. Thigeadh fear an dràsda is a rithist còmhla ri Dòmhnall is Samaidh is shuidheadh iad a' toirt am beachd. Dh'éisdeadh Labhruinn is chuireadh e ceist an dràsda is a rithist, is iongnadh air iad a bhith gabhail leithid de shuim de'n dealbh seo, oir cha b'fhiù i leis-san seach dealbhan a rinn e de dh'easan torunnach, de dh'adhar le sgòthan reubte, maoidheachail.

Mar bu trice b'e comhaoisean Dhòmhnaill is Shamaidh a rachadh suas gu bùth-obrach Labhruinn: ach boireannaich de dh'aois sam bith cha deach suas. Ach air feasgar chaidh Eairdsidh Dhòmhnaill suas, ged nach robh esan ach 'na dhuin' òg is fhathast gun phòsadh. Cha robh Labhruinn fhéin aig an tigh ach sheall càch an dealbh dha is chuir e aonta gum b'e fìor iomhaigh Choinnich a bh'ann. Dòcha gu robh esan air a leithid a chluinntinn mu'n dealbh is nach robh i cho ùr dha; oir ann am beagan mhionaidean, fad 's a bha an dithis eile 'nan suidhe aig ceann shìos an tighe, chaidh esan, gun chead, a rùrach a measg chanabhasan eile, mar gu robh e a' rùrach airson nì àraidh. Ann an tiotan shuidh e air a shàilean, is cho sgiobalta 's gun tug uilt nan glùn brag asda. Ar leis na fir gu robh aonaich air nuair a dh'éigh e riutha, "Dé ur beachd air seo, fhearaibh?"

Cha d'fhàg sùilean drilseach Eairdsidh an dealbh is b'fheudar dha na fir coiseachd suas far an robh e. Ann am mionaid lùb glùinean raga is bha iad 'nan gurraban ri thaobh gus an dealbh a sgrùdadh. Cha robh guth aig fear seach fear, is boireannach òg, lom-rùisgte air a dealbh fa'n comhair. Chanadh neach gun deach sgeun a chur oirre a thug gun do thionndaidh i a ceann air falbh, aig an aon àm a' togail leis an dà làimh bad aodaich a bha air a cùlaibh, bad aodaich a shuaineadh i uimpe gus i fhéin fhalach. Cha robh aodann, làmh no cas air an dealbh. Cha robh ùidh an dealbhadair ach 'sa cholainn a mhàin.

24 *Amannan*

Mu dheireadh b'e Eairdsidh a thuirt, ach gu teagamhach, mar gu robh e airson aimhreit a sheachnadh no airson amharus 'na inntinn fhéin a mhùchadh, "Dòcha nach eil ann ach té a dhealbh e as inntinn fhéin."

Cha do fhreagair fear seach fear e, is fios aca nach b'e mac-meanmhainn na h-inntinne ach fradharc geur na sùla a bha stiùireadh na làimhe a tharraing an dealbh seo, cho cinnteach is a stiùir e an làmh a dhealbh snaim air iall bròige. Gun teagamh, chunnaic an t-sùil is làimhsich an làmh an com grinn seo.

Ach fad 's a bha iad a' deoghal a stigh an grinneas leis an deach gach bolgadh cumachdail a dhealbh air canabhas bha an aon cheist orra: có i?

"Cha robh e airson gun aithnicht' i. Tha sin a dh'aon mhathas air," arsa Dòmhnall. "Dh'aithnicheamaid aodann ... 's dòcha làmh no cas nam biodh comharra àraidh orra, ach có tha cho eòlach air colann té sam bith is gun aithnicheadh e i anns an riochd seo?"

Bha greiseag mun tuirt Samaidh, "Chan eil mise ag ràdh nach ann a' cleith có i a tha e. Ach có dha bha e 'm beachd an dealbh a shealltainn?"

"Tha fios," arsa Dòmhnall, air uamhasachadh, "air cho beag nàire is a bha ise, nach foillsicheadh e do'n t-saoghal nì a chunnaic e ann an uaigneachd gaoil. Saoilidh mise gu bheil rudan 'nar beatha nach bu chòir a thoirt am follais. Tha mi coma có th'ann."

Fad na tìde cha tuirt Eairdsidh facal, is e air a thachdadh le eud: gun tigeadh fear do'n dùthaich is gun gabhadh e math air nach d'fhuair esan cead; gun dèanadh e bòsd dheth air chùl sin. Ach còmhlaichean ri uinneig ann no as, mura faiceadh e air a tighinn i chitheadh e air a falbh i. Agus an uairsin? Bhiodh sin a réir có bh'ann. Ged nach fhac esan riamh i mar seo bha amharus aige có bh'ann. Am b'e Màiri Ceit a bh'ann? Màiri Ceit a bha e an dòchas a phòsadh 'sa cheann thall, ged bha i cho seachnach air ris a' bhogha-frois a lean e gus greimeachadh air le chiad cheuman teabadach.

Cha b'e raigead nan glùn gu tur a chuir osna bheag

Teine a Loisgeas 25

air bilean Dhòmhnaill is e a' dèanamh air a bhuinn, ach a bhith smaoineachadh air a dhithis nighean; is bha a ghuth car tùrsach nuair a thuirt e, "Cuir seachad i far an d'fhuair thu i. Air cho beag nàire 's a bha ise, is ged b'e a' bhana-cheàrd fhéin i, chan eil còir againne a bhith seo a' dìdeagaich oirre."

Cha do chuir càch 'na aghaidh is chuir Eairdsidh air ais an dealbh gun ghuth, is an uairsin rinn e air an dorus ag éigheach gu goirid, "Cha chreid mi nach bi mi fhìn a' falbh. Oidhche mhath fhearaibh." Is dhùin an dorus.

Cha d'rinn na fir iad fhéin ach coimhead ris an teine is an dorus a dhùnadh. Ach anns an dorchadas bha e na b'fhasa dhaibh an inntinn a rùsgadh, agus b'e Dòmhnall a gheàrr a' chiad bheum. "Saoilidh mi," ars esan, "gum bu chòir an duine seo fhuadach as ar measg."

"A, chiall, carson?" arsa Samaidh gu h-aotrom, is e gu subhach a' dol thairis 'na inntinn air boireannaich an àite. Ged nach b'aithne dha-san aon té a chanadh e a cheadaicheadh do Labhruinn, no do dh'fhear eile, dealbh de'n t-seòrsa a dhèanamh dhith, chaidh a dhearbhadh gu robh a leithid ann. Bha e 'm beachd gun cuireadh e fhathast seachad iomadh mionaid thoilichte anns an eaglais, gun chluas ri searmon slaodach, no aig cruinneachaidhean eile, a' freagairt an toimhseachain a chuir Labhruinn còir.

Ach bha freagairt aig Dòmhnall do'n cheist a chuir e is thuirt e gu goirid, geur, "Tha e a' brosnachadh buairidh 'nar measg."

"Is cinnteach gum b'ann le cead fhéin a thàinig i," arsa Samaidh, is frioghan ag éirigh air fhéin. "Chan eil mise a' faicinn cron sam bith ann."

"An do mhothaich thu idir a' bhuaidh a bh'aig an dealbh air Eairdsidh?" arsa Domhnall.

"Huh!" fhreagair Samaidh, "duin' òg is an t-àm aige bhith pòsadh. Chan eil fhios agam dé a tha ga chumail fhéin is Màiri Ceit gun a dhol cuideachd. Chan e cion tighe no airgid a th'air."

"Fhreagair thu do cheist fhéin," arsa Dòmhnall. "Faodaidh gum b'e na h-aon bheachdan, na h-aon

26 *Amannan*

iarrtasan, a bha ann o shean. Ach bha iad am foillidh. Agus sin airson math a' chomuinn. Tha Labhruinn is a leithid gam beothachadh is gan àrach airson an toil fhéin. Saoil thu am b'ann gun aobhar a bha na linntean a dh'fhalbh a' cumail srian air modhan a' chomuinn?"

"Chan eil mise a' faicinn cron ann. Is ma tha e am bun thigeadh e am bàrr. 'Se sin a their mise," arsa Samaidh is e car crosda.

"Chan eil an sin ach cainnt a' bhuamastair," arsa Dòmhnall, do nach b'aithne a bheachdan a chìreadh as a chéile a dhìth faclan is a dhìth gnàthachaidh.

Cha robh facal an còrr eatorra gus an do dhealaich an slighean, nuair a ghabh gach fear a rathad fhéin, ach le smuaintean làn eadar-dhealaichte. A' gabhail a cheum-coise fhéin, bha Samaidh a' feadarsaich port aighearach; ach bu ghann a dhùin Dòmhnall dorus a thighe gus an tuirt e ri Peigi, "Cà'il na h-ingheanan?"

Airson Eairdsidh, ghabh esan a cheum fhéin, gun chumhnadh aige air bus bròige ma bha dòirneag chloiche 'na rathad a bheireadh traoghadh air fheirg le bhith air a cichdeadh. Anns an tigh-sheinnse far an robh e a' dol, dòcha gun cluinneadh e fathann air choireigin. An ceartuair dh'fhóghnadh leth an fhacail, dh'fhóghnadh gun coimheadadh fear fo'n t-sùil air, gus amharus a dhearbhadh. Bheireadh e an aghaidh air Màiri Ceit. Cha b'i fhéin, bean gun nàire, a dh'fhuiling maslachadh ach esan, is a h-uile duine a bhuineadh dhi. Theab e òrdag a chur as a h-alt le dòirneag nach do gluais dha fo'n bhuille. Sheas e mionaid. Nuair a sheas e chitheadh e teine nan ceàrdan a' priobarsaich le sùil bhig is an uairsin le sùil mhóir. Bhuail air gum b'e dealbh bana-cheàird a bh'ann ... Thug an dòchas faochadh dha. Cha toireadh e an aghaidh oirre gun chinnt aige. An uairsin cha chumhnadh e i.

Bha éirigh is laighe air gréin, lionadh is tràghadh air muir, gun atharrachadh ri linn is gu robh Labhruinn le chuid bheairtean 'nam measg. A réir coltais bha obair, is tàmh o obair, a' dol air adhart gun atharrachadh a dh'aindeoin a' ghreim a dh'fhaodadh beachdan

Teine a Loisgeas 27

Labhruinn a dhèanamh air fear no té an siud no seo. Mar sin, cha robh an oidhche ach mar oidhche eile nuair a mhothaich fir a' dol dhachaidh as an tigh-sheinnse gu robh buth-obrach Labhruinn 'na teine. Rinn iad oirre, is cha b'fhada gus an robh a h-uile duine a bha 'm beachd cuideachadh a thoirt no tigh na lasrach dheirg fhaicinn, air cruinneachadh mu thimcheall.

Cha deach dad a b'fhiach a shàbhaladh is chuir e iongnadh air móran gun deach an lasair feadh an tighe le leithid a ghradcharachd, oir bha Labhruinn fhéin is na thadhail air glé fhaiceallach. Mar a rinn an sealbh, cha robh Labhruinn aig an tigh, mar a mhìnich e do gach neach a thog a' cheist ris nuair a thill e; is mar sin fhuair an teine greim air iomadh rud a bha sgaoilte aige anns an rùm fhada ud – pàipearan, is ola de iomadh seòrsa a bhiodh fear cèairde a' cur gu feum. Dh'fhóghnadh an aon sradag is oiteag ghaoithe.

Ged bha an cluas ri Labhruinn, b'ainneamh am fear a thogadh a shùil far na lasrach gus an tuilleadh aire a thoirt dha; ach thionndaidh Eairdsidh gu h-ealamh nuair a chual e Labhruinn ag ràdh le faobhar air a ghuth:

"Mhàiri Ceit? Dé tha thusa a' dèanamh an seo?"

Thionndaidh ise bho'n lasair leumnaich mun do fhreagair i: "Dé tha mise dèanamh an seo? Tha mi a' caoidh nach eil thusa an siud."

Leis na facail, shìn i gu cridhe dearg an teine làmh mhìn, air nach rachadh aig ball-dórain caol-a-làimhe a h-eireachdas a mhilleadh. Cha robh feum air solus bho'n lasair a bhith air a h-aodann gus dearbhadh nach b'ann ri fealla-dhà a bha i.

Tharraing sùilean Eairdsidh sùilean Labhruinn bhuaipe is thuige fhéin, is sheas iad a' coimhead a chéile mionaid, a' leughadh a chéile mar a dh'fhaodadh iad.

Agus ged a choimhead iad as a déidh gu balbh cha do ghabh fear seach fear aca aon cheum còmhla rithe troimh'n dorchadas air an robh a h-aghaidh.

Choisinn an sgialachd seo an dara duais anns a' cho-fharpais còmhla ri dhà eile anns an leabhar seo.

Pòl Mac a' Bhreatunnaich
Leigheas Dhòmhnaill Alasdair

Nuair a bhios daoine 'nan tàmh is iomadh mallachd ris an tionndaidh iad. Cha robh balaich a' Bhàigh a Tuath móran air leth air an companaich ann am bailtean eile nan Eileanan an Iar anns an staid sin 'sna bliadhnaichean roimh'n Chogadh, nuair a bha obair duilich a faotainn. Cha robh cuilbheart air nach smaointicheadh iad airson iad fhéin a chumail toilichte, gu h-àraidh air oidhcheannan fada a' gheamhraidh. Thigeadh iad air chéilidh o thigh gu tigh, agus 's iomadh oidhche chridheil a chaidh seachad ag ìnnse agus ag éisdeachd ri sgialachdan 's òrain. Ach mar a thachras gu bitheanta, dh'fhàs na h-òganaich sgìth de chéilidh a h-uile oidhche, agus bha iad deònach air tuilleadh chulaidh-bhrosnachaidh ma bha e idir comasach.

Cha robh fada gus an do chuir fear dhiubh a bheachd gum bu chòir dhaibh na coilich a chur a shabaid airson spòrs. Dh'aontaich iad uile ris a sin, agus an ùine glé ghoirid bhiodh buidheannan bhalach ri'm faicinn a' cruinneachadh deireadh feasgair aig sabhal no bàthaich; agus a réir an fhuaim agus an aighir a chualas, bu mhór an toil-inntinn a bha dol air aghaidh.

An ceann sheachdainean de'n chleasachd sin, cha robh cailleach 'sa bhaile nach robh a' gearain nach robh coileach mun cuairt nach robh air a spìonadh agus air a leòn. Bha iad a' cur an amharuis gum b'e coin a bha a' dèanamh a leithid de mhilleadh air na coilich, ach cha robh iad idir a' tuigsinn carson nach robh na cearcan cuideachd air an dochann. Mu dheireadh dh'fhàs cùisean cho garbh is gum b'fheudar dha na cailleachan gach coileach a thoirt a steach gu an cagailt fhéin air an oidhche, no cha bhiodh creutair air fhàgail beò 'sa bhaile.

Leigheas Dhòmhnaill Alasdair 29

Mar bu duilghe a dh'fhàs e làmh fhaighinn air coileach 'sann bu deònaiche na h-òganaich mhallaichte an t-sabaid a chumail a dol; agus mar a thachras aig gnothaichean de'n t-seòrsa, thòisicheadh air airgead a chur air gheall air na coilich. Chaidh coileach an déidh coilich a chur a mach as an t-sabaid, gus mu dheireadh nach robh air fhàgail ach aon eun mór dubh-gheal a sheasadh ris gach creutair a chuirte 'na aghaidh.

Thàinig cùisean chun na staid gu feumte crìoch a chur air an t-sabaid, oir cha robh coileach ri fhaotainn coltach ris a' cheatharnach dhubh-gheal, nach dèanadh ach a chìr a thogail ann am feirg nuair a theicheadh gach creutair bochd a bha air a chur 'na aghaidh. Co-dhiù, cha robh fada gus an cuala na seòid mu choileach mór dearg le bean Dhòmhnaill Alasdair, ach bha cho math dhaibh smaointinn air crùn an righ fhaotainn ri làmh fhaighinn air-san.

Bha fios aca uile gu robh Dòmhnall Alasdair tinn 'na leabaidh còrr agus bliadhna, ged nach robh dotair 'san tìr a theireadh gu dé bha ceàrr air. B'e fìor thigh-céilidh a bha an tigh Dhòmhnaill, agus b'e boireannach coibhneil càirdeil a bh'ann am Peigi a bhean. Eadar beathaichean, cearcan agus mòine, cha robh fois oirre o mhoch 'sa mhadainn gu oidhche, ach a dh'aindeoin sin bha i a' coimhead as déidh Dhòmhnaill mar gum b'e pàisde beag e. Glé thric chruinnicheadh an òigridh an tigh Dhòmhnaill airson céilidh, agus a dh'aindeoin cho bochd 's a dhèanadh e mach gu robh e, cha do dhiùlt e riamh dram no smoc ma bha iad ri'm faotainn o na balaich; agus as a leabaidh 'sa chlòsaid chluinneadh e gach còmhradh is sgial a bha ri aithris.

Air té dhe na h-oidhcheannan céilidh thionndaidh an còmhradh air trioblaid nan coileach, agus gum bu neònach an gnothach e. Dh'ìnns fear an déidh fir mar a bha a mhàthair fhéin a' cumail nan coileach fo chùram na cagailte, agus dh'aontaich Peigi gu robh ise a' dèanamh a' cheart rud agus gu robh an coileach dearg ann am bocsa fo'n staidhre.

Gu goirid an déidh am fiosrachadh sin fhaotainn

thuirt dithis dhe na balaich gu robh an t-àm aca-san a bhith dol dhachaidh, agus gun dàil dh'fhàg iad oidhche mhath aig an luchd uile, fad 's a dh'fhuirich an còrr ri tuilleadh naidheachdan is òran. Thug an dithis a dh'fhàg leotha am bocsa mar a bha e, leis a' choileach dhearg 'na chadal.

Beagan ùine an déidh sin, bha òganaich as gach ceàrn cruinn aig an t-sabhal 's an robh batail mór nan coileach ri chur an ceann, agus cha robh an t-airgead gann a' cur ghealladas air an fhear a bhuannaicheadh. Bha cuid a' gealltainn nach robh coileach 'san dùthaich a sheasadh an aghaidh an duibh-ghil; ach nuair a chuir iad sùil air a' choileach dhearg, bha feadhainn nach robh cho fìor chinnteach, agus chaidh an airgead-san air a' choigreach.

Réitich iad ùrlar an t-sabhail agus sgaoil iad gainmheach mhìn na tràghad air, airson greim na b'fheàrr a thoirt do chasan nan coileach. Fhuair gach fear-amhairc àite suidhe no seasaimh, agus bha gnothaichean deiseil airson am batail tòiseachadh.

Chuir iad na coilich air an làr astar o chéile. Thog an dubh-gheal a spòg agus bhreab e an t-ùrlar gu feargach, agus sùil gheur aige air a' choileach dhearg, a bha cuideachd le chìrein dearg 'na sheasamh a' cumail sùil air a nàmhaid. B'e an dubh-gheal a' chiad fhear a chrom a cheann; agus le sgiathan sgaoilte mar ghàirdeanan airson a' chiad bhuille a bhualadh thug e ruaig a dh'ionnsaigh a' choilich dheirg. Cha robh gealtachd sam bith am beachd a' choilich dheirg, agus thug e ruaig an coinneamh a nàmhaid agus am bad a chéile ghabh iad. Bha itean air an spìonadh agus fuil 'na sruth, agus bha gach fear a toirt bhuillean le spògan agus a sgiathan dha'n fhear eile a chrìochnaicheadh eun na bu laige le aon bhuille; ach cha robh fear a' dèanamh na b'fheàrr na am fear eile. Mar sin shabaid iad, gus nach robh ite air amhaich no druim agus gus an robh an fhuil a' sruthladh 'sa ghainmhich fo'n casan. Mu dheireadh laigh iad air an làr, lag leis a' mhilleadh a rinn iad air a chéile; ach cha b'urrainn duine a ràdh gun do bhuannaich aon fhear air an fhear eile.

Leigheas Dhòmhnaill Alasdair 31

B'e sin crìoch sabaid nan coileach, agus ged nach do bhuannaich neach air taobh sam bith airgead dh'aontaich iad uile nach robh leithid a dh'oidhche spòrs aca riamh.

Oidhche no dhà an déidh sin bha na balaich air chéilidh an tigh Dhòmhnaill Alasdair a rithist, ach ged a bha Peigi ag iongnadh ciamar a chaill i an coileach an oidhche mu dheireadh a bha iad 'san tigh mhionnaich iad uile nach robh fios no fàth aca-san gu dé thachair dha. Cha bu mhotha a thug i faire gun do thilg fear dhe na h-òganaich poca fo'n leabaidh aig Dòmhnall gun esan a dhùsgadh – ma bha e idir 'na chadal.

Eadar cupannan teatha, sgialachdan agus òrain, chaidh an oidhche seachad gu toilichte, agus o nach do thachair dram a bhith aca thuit Dòmhnall 'na chadal.

A null mu mheadhon-oidhche chual iad ùpraid 'sa chlòsaid, agus sgread nach do chual iad a leithid riamh fo bhonn na leapa. Leum Dòmhnall as a leabaidh, agus cha robh guth air bochdainn nuair a thàinig e a measg na h-òigridh 'na léine-oidhche ag eubhach, "Tha an deamhan a' tighinn air mo shon", agus a ghruag 'na seasamh dìreach air mullach a chinn le eagal.

Bha na trusdair 'nan lùban a' gàireachdaich, agus an tigh 'na sheasamh leis an ùpraid, nuair a nochd an coileach a mach as a' chlòsaid gun a' ribe ite air a dhruim agus e a' sgread 's a' gairm mar nach robh e 'na iongnadh sam bith gun do shaoil Dòmhnall gu robh an deamhan as a dhéidh.

Dh'fhàg iad tigh Dhòmhnaill cho luath 's a thoireadh an casan iad as. Cha robh Peigi ro thoilichte mu'n staid anns an robh an coileach, ach cha robh i ro mhosach ris na balaich an déidh sin nuair a thachradh i riutha, oir rinn an coileach rùisgte barrachd feum do Dhòmhnall Alasdair na rinn a h-uile dotair a choimhead air riamh. Cha tug Dòmhnall a leabaidh-thinn air tuilleadh, agus an ùine ghoirid chìt' e ag obrachadh na croite agus a' cròdhadh a' chruidh.

B'e siud aon bhatail a bhuannaich an coileach dearg co-dhiù.

Iain Mac a' Ghobhainn
Murchadh

Leis a' pheann 'na làimh, sheall Murchadh a mach ris a' bheinn mhóir ghil a bha mu choinneamh, còmhdaichte le sneachd.

Bha e feuchainn ri sgialachd a sgrìobhadh.

Sheall e sìos ris a' pheann uaine a bha 'na làimh. Bha an latha fuar, geal mu choinneamh, 's an dràsda 's a rithist chitheadh e eun dubh a' seòladh tarsainn air an adhar.

Bha a bhean ag obair anns a' chidsin. An déidh dhi sgur de chòcaireachd bhiodh i glanadh a' bhùird 's nan cathraichean.

An dràsda 's a rithist thigeadh i chun an doruis is chanadh i: "Na sguir thu sgrìobhadh fhathast?"

"Cha do thòisich mi," chanadh Murchadh, 's shealladh e mach ris a' bheinn a rithist.

A' bheinn gheal gun smal, fuar, àrd.

Bha Murchadh air obair fhàgail 's e nise feuchainn ri sgrìobhadh. 'Se clarc a bha air a bhith ann, 's aon latha dh'fhàg e dhreuchd 's cha do thill e thuice. Nuair a thàinig e dhachaidh thòisich a bhean ri sgriachail 's ri rànail, ach cha do rinn Murchadh càil ach a dhol a steach do'n rùm aige fhéin is fuireach an sin gus an robh i deiseil.

Leig e dheth a dhreuchd aig àm foghair nuair a bha na duilleagan a' tuiteam bho na craobhan, 's a nise bha an geamhradh ann.

Bhiodh e suidhe aig a dheasc aig beagan an déidh naodh uairean anns a' mhadainn. Bha am pàipear geal mu choinneamh, cho geal ris a' bheinn a bha e coimhead air taobh a muigh na h-uinneige. Cha robh e air duilleag a sgrìobhadh fhathast.

"Tha do thì deiseil," ars a bhean ris aig aon uair deug.

"Ceart gu leòr," arsa Murchadh.

Chaidh e steach far an robh i. Bha an rùm cho glan ri prìne mar a b'àbhaist. Bha e cur iongnadh air mar a chaitheadh i an tìde a' glanadh an rùm, mar nach tàinig e steach oirre a riamh gu faodadh am bòrd is na cathraichean a bhith ann an àit eile, no ann an rìoghachd eile. Bho àm nan *dinosaurs*, arsa Murchadh ris fhéin, an robh e'n dàn gum biodh am bòrd seo 'na sheasamh ris an uinneig seo? Seo an seòrsa ceist a bhiodh a' cur dragh air is a bha fàgail a cheann goirt.

Cha tuirt e smid, oir bha fhios aige nach tuigeadh a bhean có air a bha e mach. Shuidh iad aig a' bhòrd mu choinneamh a chéile 's a' phoit-tì eatorra. Bha a bhean – Seònaid – cho glan ri prìne cuideachd.

"Cuin a tha duil agad a dhol air ais gu d'obair?" ars ise ris.

"Chan eil fhiosam," arsa Murchadh, 's e cur làn na spàinn de shiùcar 'na thì. Cha bhiodh a bhean a' gabhail siùcair idir.

"O," ars ise, "tha fhios agad gu bheil daoine a' bruidhinn ort."

"Chan eil dragh agam," arsa Murchadh. Dh'òl e a thì.

"Tha dragh agam-sa, ta," ars a bhean. "Tha iad an còmhnaidh a' faighneachd dhiom a bheil thu tinn. Chan eil thu tinn, a bheil?"

"Tha beagan dhe'n phlàigh orm," arsa Murchadh, "ach a chùl air a sin tha mi ceart gu leòr."

" 'S mo mhàthair is m'athair – tha iadsan a' faighneachd dhiom cuideachd cuin a tha thu dol a thòiseachadh anns an oifis a rithist."

"A bheil?" arsa Murchadh.

Bha peant uaine air a' bhalla. Carson a chuir e peant uaine air anns na làithean toilicht' ud? Carson nach do chuir e peant gorm air, no peant buidhe?

Ah, tha anam an duine cho domhainn, arsa Murchadh ris fhéin.

34   *Amannan*

Bha an gleoca, air dath an òir, a' diogadh eadar dà each creadha, a choisinn e uair aig féill le gunna cam.

'Se duine mór fiadhaich a bh'ann dheth, athair Seònaid, duine mór le aodann dearg a bhiodh a' bòcadh nuair a bhiodh e feargach. Bha e air a bhith air na soithichean-iasgaich 'na òige.

Dh'fhàg Seònaid an sgoil aig cóig bliadhna deug. Nuair a phòs i Murchadh bha i smaoineachadh gum biodh airgead a' tighinn a steach gach seachdain, gum biodh Murchadh ag obair anns an leas, gum biodh nighean is balach aca, 's gum biodh i fighe ris an teine nuair nach biodh i còmhradh ri a nàbaidhean.

'Se boireannach sgiobalta a bh'innte mun cuairt an tighe.

Bha Murchadh a' feuchainn ri sgialachd a sgrìobhadh mu dheidhinn clarc a dh'fhàg oifis 's a thòisich air sgrìobhadh. Ach aon mhadainn chunnaic e a' bheinn le sneachd oirre, 's chan fhaigheadh e air facal a chur ri pàipeir.

"Tha'n tì seo glé mhath," ars esan ri Seònaid.

"Huh," arsa Seònaid.

Thòisicheadh i nise ri còcaireachd na dìnneir, agus 'se sin a beatha, agus bha a beatha a' cur iongnadh air Murchadh.

Carson cuideachd a bha an dà each air gach taobh de'n ghleoca?

"Tha mi dol a mach a nochd," arsa Seònaid.

"Càit?" arsa Murchadh.

"A mach," ars ise. "Faodaidh tusa leantainn ort le do sgrìobhadh."

"Càit a bheil thu dol?"

"Tha mi dol a shealltainn air mo mhàthair," arsa Seònaid.

"O," arsa Murchadh. "Bha mi smaoineachadh gu robh thu sealltainn air do mhàthair Di-luain."

"Bha," arsa Seònaid, "ach tha mi dol a shealltainn oirre a rithist."

Tha do shùilean gorma seòlta, arsa Murchadh ris fhéin. Bha i brèagha fhathast le a sùilean gorma, a falt dubh, a pluicean fallain dearga.

"Glé mhath," arsa Murchadh. Dh'éirich e 's chaidh e air ais do a rùm.

Shuidh e aig a dheasc 's e a' shealltainn ris a' bheinn, 's i cho geal. Bu chòir dhomh, ars esan ris fhéin, a dhol a mach as an tigh 's a bheinn ud a dhìreadh, làrach mo chasan fhàgail anns an t-sneachd. Bha a' bheinn na bu ghile na am pàipear air an robh e sgrìobhadh.

Thàinig e steach air gur math dh'fhaodte gur e bhriag a bh'aig a bhean, nach robh i dol a shealltainn air a màthair idir. Ach cha tuirt e càil rithe aig àm dìnneir no aig àm tì. Dh'fhàg i an tigh aig cóig uairean 's chaidh e air ais do a rùm a rithist.

Bha a' ghrian dhearg 'na laighe air an t-sneachd mar fhuil. Dé tha mi dol a dhèanamh? arsa Muchadh ris fhéin. A bheil mi dol a dh'fhuireach an seo, a' caitheamh mo thìde a' shealltainn ri beinn gun facal a sgrìobhadh?

Bha an tigh a' faireachainn falamh as déidh dha bhean fàgail. Thòisich e coiseachd mun cuairt air, a' toirt sùil – air na leapannan, air an làr ghlan, air na soithichean, air na leabhraichean. Bha gach nì 'na àite fhéin, bha a bhean air saoghal glan a thogail mun cuairt air.

Ach cha robh an saoghal seo cho glan ris a' bheinn.

Aig leth-uair an déidh cóig dh'fhàg e an tigh is choisich e gu tigh a mhàthar-céile is bhrùth e an clag. Thàinig athair-céile chun an doruis 's bha aodann cho dearg ris a' ghrian a bha a' dealradh air a' bheinn ghil.

"A bheil Seònaid a stigh?" arsa Murchadh.

"Chan eil," ars athair-céile, 's cha do dh'iarr e air Murchadh tighinn a steach. Chunnaic Murchadh troimh'n uinneig gu robh an TV air.

"O," ars esan, "bha dùileam …"

"Bha dùil agad ceàrr," ars athair-céile. Bha na tighean mun cuairt sàmhach, glas ri taobh a chéile. Chunnaic Murchadh duine a' dol seachad le cù dubh.

"O," ars esan a rithist anns an fhuachd. Thionndaidh e

36 *Amannan*

air falbh 's choisich e sìos an t-sràid. Càit an robh Seònaid? Dh'fhairich e bhroilleach falamh, 's eagal air gu robh i air fhàgail gu buileach. 'S math dh'fhaodte gu robh i air falbh còmhla ri fear eile, 's chuir seo tàmailt is eagal air mar gum biodh e air tachairt dha-rìreabh. Chaidh e steach do bhàr ach cha robh i stigh an sin na bu mhò. Nuair a thàinig e mach sheall e mun cuairt air ach chan fhac e bheinn gheal idir. Bha na tighean eadar e is i.

Sheas e air a' chabhsair 's cha robh fhios aige càit an deidheadh e. Carson a dh'innis i bhriag dha?

Uill, ars esan ris fhéin, feumaidh mi a lorg no feumaidh mi a' bheinn a dhìreadh. Dé nì mi?

Seallaidh mi a bheil i anns a' bhàr seo.

Chaidh e steach 's bha i 'na suidhe ann an còrnair 's triùir no cheathrar còmhla rithe. Dh'aithnich e Mairead is Iain a bha 'na thidsear anns an aon sgoil mhór a bh'anns an eilean. Is tidsear eile (bha e smaoineachadh) le fiasaig dheirg, ach cha robh fhios aige air ainm. 'S a bhean-san cuideachd. Is fear a bha 'g obair air a' phàipeir-naidheachd, fear beag le aodann geal is fag 'na bhial – Raibeart.

"A bheil thu 'g iarraidh pinnt?" ars Iain 's e a' dèanamh leth-éirigh as a sheat.

"Chan eil," arsa Murchadh. Bha vodka no rudeigin air bialaibh a mhnaoi. Shuidh Murchadh sìos air oir a' chòmhlain.

Bha am bàr blàth is dorch, le soluis dhearg ann is seataichean leathair.

"Càit an robh thu?" arsa Seònaid ris.

"A' falbh an siud 's an seo," arsa Murchadh.

"Tha e feuchainn ri sgrìobhadh," arsa Seònaid ris a' chòrr.

"A' sgrìobhadh?" arsa Raibeart, 's a shùilean a' geurachadh. "Dé tha thu sgrìobhadh?"

"Chan eil càil," arsa Murchadh. "Tha mi feuchainn ri sgrìobhadh."

"O," arsa Raibeart. (Bha e feuchainn ri sgialachd fhaighinn airson a' phàipeir-naidheachd, arsa Murchadh ris fhéin.)

Thòisich Iain 's am fear leis an fhiasaig a' bruidhinn mu dheidhinn na sgoile, 's bha Murchadh ag éisdeachd riutha.

Mu dheireadh thuirt e ri Iain, "Carson a tha thu tidseadh?"

"Carson?" ars Iain. "Carson a tha mi tidseadh?"

"Airson an airgid," ars a bhean 's i gàireachdainn.

"Chan e sin a bha mi ciallachadh," arsa Murchadh — agus ann an guth ìosal ris fhéin, "Dé tha mi dèanamh an seo co-dhiù?" Bha e brùthadh fhiaclan ri chéile a chionn 's nach tòisicheadh e dèanamh ràn fhiadhaich mar mhadadh-allaidh.

" 'Se feallsanach a tha seo," arsa Seònaid, 's a guth searbh biorach 's a bilean cha mhór dùinte. "Feumaidh sibh na ceistean aige fhreagairt."

"O," ars Iain, "tha mi tidseadh Eachdraidh. Dé ni daoine as aonais Eachdraidh? Bhiodh iad mar na h-ainmhidhean."

"Seadh," arsa Murchadh. "Seadh fhéin. Agus an e ainmhidh a th'annad fhéin?"

Sheall Iain ris airson mionaid, 's shaoil Murchadh gu robh e dol a leum air mar chat-fiadhaich; ach mu dheireadh thuirt e, "Chan eil na h-ainmhidhean a' teagasg Eachdraidh dha chéile."

"Glé mhath," arsa fear na fiasaig. " 'S a nise bheil thu 'g iarraidh pinnt?" ars esan ri Murchadh.

"Chan eil," arsa Murchadh. "Tha mi uamhasach duilich ach chan eil. Thuirt an dotair rium gun a bhith 'g òl."

"Smaoinich," arsa Raibeart, "air na h-ainmhidhean a' teagasg Eachdraidh dha chéile. Bhiodh sin neònach."

"Bhitheadh," arsa Murchadh.

Bha iad sàmhach airson greiseig. Mu dheireadh thuirt Murchadh, "Aon turus bha mi còmhla ri fear ann an cafe 's bha cèicichean air a' bhòrd, feadhainn bhuidhe 's feadhainn gheal. Ghabh mise cèice bhuidhe 's ghabh esan té gheal. Dé bu choireach ri sin?"

"Tha mo chòta-sa buidhe," arsa Mairead. " 'S caomh leam an dath." Sheall Seònaid ris a' chòta aice fhéin, nach

38 *Amannan*

robh idir cho math ri còta Maireid, 's ruith gath gamhlais tarsainn air a sùilean.

" 'Se ceist a tha sin," ars Iain ri Murchadh. " 'Se ceist mhór a tha sin."

"Dé'n cafe anns na thachair seo?" arsa Raibeart 's a' fag 'na bhial.

"Chan eil cuimhneam," arsa Murchadh.

"Nach tuirt mi ruibh gur e feallsanach mór a th'ann dheth," arsa Seònaid 's i ag òl vodka, mas e vodka a bh'ann.

Bha Murchadh a' sealltainn ri bean fear na fiasaig, nighean àlainn le falt air dath an òir agus i buileach sàmhach. A' bhòidhchead, a' bhòidhchead, ars esan ris fhéin – thuirt Yeats rudeigin mu dheidhinn sin. Tha m'inntinn cho trom.

Thuirt Mairead a rithist, "Chaidh mi steach do'n bhùth 's cheannaich mi an còta buidhe seo. Chan eil càil a dh'fhiosam carson a cheannaich mi e. Chòrd e rium."

"Dìreach," arsa Raibeart. "Dé'n còrr a tha ri ràdh?" Ach bha Iain a' sealltainn ri Murchadh le sùilean geur.

"Dé tha thu sgrìobhadh?" ars esan.

"Chan eil càil," arsa Murchadh.

"Uh huh," ars Iain.

Bha fhios aig Murchadh gu robh fearg air a bhean, nach robh i airson gun tigeadh e steach do'n bhàr ud fhad 's a bha i bruidhinn ri a càirdean, 's nach robh i airson gum biodh e bruidhinn air na nithean amaideach air an robh e bruidhinn; 's bha e toilichte ann an dòigh gu robh i fiadhaich. Bha eagal air a dh'aindeoin sin gun gabhadh i an deoch.

Thuirt Iain, "Uill, tha thìd agam-sa bhith togail orm." Is dh'éirich a bhean cuideachd.

"Tha thu cinnteach nach eil thu airson pinnt," ars Iain a rithist ri Murchadh.

"Tha," arsa Murchadh.

Dh'éirich fear na fiasaig 's a bhean cuideachd. Dh'fhalbh iad, 's bha Seònaid is Murchadh is Raibeart 'nan suidhe ann an còrnair dorch aig bòrd a bha fliuch le

Murchadh 39

lionn.

"Dé tha thu fhéin a' sgrìobhadh?" arsa Murchadh ri Raibeart.

Thionndaidh Raibeart sùilean nimheil air. Dé bhiodh e sgrìobhadh ach sgialachdan mu whist drives, mu football, mu nithean gun spéis?

Cha tuirt e smid.

"Am faca tu riamh," ars Murchadh ris, "a' bheinn gheal?"

"A' bheinn gheal," arsa Raibeart, "dé tha sin?"

"Na bi 'g éisdeachd ris," arsa Seònaid. "Chan eil fhios aige có air a tha e mach."

"Seadh fhéin," arsa Murchadh.

Bha Raibeart air a bhith 'g obair air a' phàipeir-naidheachd bho dh'fhàg e an sgoil: cha robh e air a bhith mach as an eilean a riamh.

"Leugh mi anns a' phàipeir an dé gun do bhuail carbad ann an carbad eile air Bruce Street," arsa Murchadh ris. "A bheil thu smaoineachadh gu robh sin an dàn bho thoiseach an t-saoghail?"

"Chan eil fhiosam," arsa Raibeart ann an guth amh: bha e smaoineachadh gu robh Murchadh a' tarraing as.

Bha Murchadh a' faireachdainn a cheann goirt, mar a bha tachairt dha glé thric a nis. "Chan eil difir ann," ars esan. Agus a rithist: "Ach tha difir ann. Aon turus," ars esan, "bha mi sealltainn ri *triangle*, 's bha e cho glan 's cho bòidheach. 'S chunnaic mi cuileag a' coiseachd tarsainn air – air a' phàipeir air an robh an *triangle* – 's cha robh càil a dh'fhiosam càit an robh a' chuileag a' dol. Ach bha an *triangle* 'na saoghal fhéin gun ghluasad. Air latha samhraidh a bha seo anns an sgoil."

"Feumaidh mi bhith falbh," arsa Raibeart. "Tha sgialachd agam ri sgrìobhadh."

"A bheil?" arsa Murchadh.

Cha robh duine a nis aig a' bhòrd ach an dithis, e fhéin 's a bhean.

"Uill," ars ise, "cha tug thu fada gan cur dhachaidh le do cheistean. Dé tha thu feuchainn ri dhèanamh?"

"Carson a dh'innis thu bhriag dhomh?" arsa

40 *Amannan*

Murchadh. "Carson nach do dh'innis thu dhomh gu robh thu tighinn do'n bhàr?"

"Chan eil fhiosam," arsa Seònaid.

"Bha fhios agad gu faighinn a mach," arsa Murchadh. "Sin bu choireach gun do rinn thu e."

"Chan eil fhios nach e," ars ise.

Tha sinn mar na h-ainmhidhean ceart gu leòr, arsa Murchadh ris fhéin. Chan eil fhios againn carson a tha sinn a' dèanamh nan nithean a tha sinn a' dèanamh. 'S chunnaic e a bhean mar shionnach a' coiseachd tarsainn air a' beinn ghil.

"Thugainn dhachaidh," ars esan.

Dh'éirich i 's chuir i oirre a còta.

"Càit a bheil do chòta fhéin?" ars ise ri Murchadh.

"Dh'fhàg mi aig an tigh e," arsa Murchadh.

Chaidh iad a mach as a' bhàr 's choisich iad dhachaidh suas an t-sràid, 's chuir Murchadh a ghàirdean mun cuairt oirre. Dh'fhairich e blàths a feòla air an oidhche gheamhraidh is chaidh crith troimh a chnàmhan. An sin thòisich e ri gàireachdainn.

"*Whist drives*," ars esan, a' sealltainn suas ris an adhar anns an robh na rionnagan a' priobadh. 'S leig e leum as. "*Whist drives*," dh'éigh e rithist.

"A bheil thu glan as do chiall?" arsa Seònaid ris.

Shlaod e thuig' i. "A bheil thu coimhead na beinne sin?" ars esan 's a làmh air a broilleach. "A' bheinn gheal sin. A bheil thu ga coimhead?" Bha i mar thaibhs a' tighinn a mach as an dorchadas. "Beinn Dobhrain," ars esan 's e a' gàireachdainn.

"Tha," arsa Seònaid. "Dé mu deidhinn?"

"Chan eil càil mu deidhinn," arsa Murchadh, 's e a' sealltainn ris a' bheinn 's a cheann blàth ri taobh a cinn-se.

Bha a' bheinn leis an t-sneachd oirre a' deàrrsadh a mach as an dorchadas. Thàinig na deòir gu a shùilean 's dh'fhairich e iad air a phluicean.

"Tha thu gal," ars ise le uamhas.

"Chan eil," ars esan.

Thionndaidh i a h-aodann 's sheall i 'na shùilean.

"Bidh cùisean ceart gu leòr," ars ise.

"Bidh," ars esan. "Tha mi cinnteach." 'S sheall e 'na sùilean. "Bidh," ars esan a rithist.

Ghreimich a gàirdeanan mun cuairt air mar gu robh eagal oirre gu robh e dol a leaghadh mar an sneachd. "Thugainn dhachaidh," ars ise ris le eagal.

"Chan fhàg mi a chaoidh thu," ars esan, "ged a tha do chòta uaine."

Choisich iad dhachaidh còmhladh, ach an dràsda 's a rithist gun toireadh Murchadh leum grad as 's e ag éigheachd "Whist drives" ris a' ghealaich, a bha cho lom 's cho dealrach anns an adhar os cionn na beinn ghil.

Choisinn an sgialachd seo an dara duais anns a' cho-fharpais còmhla ri dhà eile anns an leabhar seo.

Pòl Mac a' Bhreatunnaich
Tighinn Dhachaidh
an t-Seòladair

Nam b'e an latha an diugh e, cha saoilte móran sam bith de dh'òganach leithid Iain an tigh fhàgail gun fhios no fàth, aig sia bliadhna deug, agus an saoghal farsaing a thoirt air a shiubhal fhortain; ach anns na bliadhnaichean ud mu thoiseach a' Chogaidh, cha robh meas air neach a dhèanadh a leithid. A bhàrr air an dragh a chuireadh e air a phàrantan, cha robh e duineil no modhail an dachaidh fhàgail gun bhrath a thoirt air gu dé a bha air beachd duine a dhèanamh.

Co-dhiù, chan eil fios an do smaointich Iain air na cùisean sin nuair a dh'fhàg e a dhachaidh am Barraidh, agus a ghabh e am bàta do'n Oban, as an do rinn e a rathad gu Glaschu. An sin fhuair e air bàta 'na sheòladair, agus cha do smaointich e air brath a chur gu mhàthair a dh'ìnnse far an robh e agus mar a bha dol dha.

Thug turus a' bhàta sin e thairis gu cladaichean Afraca gun tuiteamas o chunnartan a' Chogaidh, ged nach robh gnothaichean cho sìtheil 'sa Chuan an Iar far an robh bàta an déidh bàta air a cur fodha le innealan mosach an nàmhaid agus móran sgioba air an call. Dh'fhàs Iain gu grad foghlumaichte an cèaird na mara, oir bha an cleachdadh 'na fhuil mar a bha e am fuil a chuideachd uile a chaidh àrach 'sna h-Eileanan. Ach gu brònach, dh'fhàs e cuideachd cleachdte ris an òl, agus chosgadh e gach sgillinn a bha e a' cosnadh mar a gheibheadh e làmh oirre. Cha robh cuimhne no smaointinn aige air an dachaidh a dh'fhàg e, no riatanas a mhàthar a' togail a teaghlaich 'na h-ònrachd, o'n a rinn an cuan gaillionnach banntrach dhith o chionn bhliadhnaichean.

Chuir e còrr is bliadhna seachad air a bhàta sin, a'

Tighinn Dhachaidh an t-Seòladair 43

siubhal o phort gu port eadar Afraca agus na h-Innseachan an Ear; ach mu dheireadh thill i do Ghlaschu, far an do phàigh Iain dheth. Thachair a' bhuil: fad 's a bha airgead am pòca Iain cha robh cion chàirdean air ag òl gach latha air feadh thighean-òsda a' bhaile. Bha ceann a' ghòraiche ann an tuaineal o mhadainn gu oidhche o'n a chuir e cas air tìr ach mu dheireadh, nuair a ràinig e bonn an sporain, thug e an aire gun do thréig a chàirdean e; agus gun duine aige ris an tionndaidheadh e, thuig e le fìor throm-inntinn nach robh cùis air ach gu feuchadh e ri bàta eile fhaotainn.

Thug e am Broomielaw air gu Oifis na Mara, agus an sin thachair e ri móran air an aon turus ris fhéin. Bha deannan Ghaidheal 'nam measg, agus bhuapa chual e naidheachdan air na bha a' tachairt 'sa Chuan an Iar. Thuige sin cha tug Iain móran aire air cùrsa a' Chogaidh, oir chan fhac e 's cha chual e iomlaidean an nàmhaid ann am feirg. A nis, ag éisdeachd ri seòladairean a dh'fhairich cruadalas a' gheamhraidh air a' chuan maille ri cunnart am beatha, thàinig crithean-eagail 'na smaoin; agus airson a' chiad uair o dh'fhàg e a dhachaidh, chunnaic e aodann a mhàthar 'na inntinn. Chuimhnich e air a bhràthair beag agus a dhithis pheathraichean, agus thàinig aithreachas ro mhór air nach do chuir e tabhartas beag thuca. Ach bha e ro anmoch smaointinn air na gnothaichean sin an uairsin, agus le deur a' tighinn 'na shùilean thug e aghaidh air an oifis agus gu dé air bith a bha air òrdugh dha.

Seachdainean an déidh sin, agus an déidh do'n bhàta air an robh Iain a nis a' seòladh a bhith aig acaire faisg air mìos 'sa Chaolas Latharnach a' feitheamh a' chabhlach cruinneachadh as gach ceàrn de'n dùthaich, bha na bàtaichean 'nan sreathan a' treabhadh troimh thuinn mhosach a' gheamhraidh air cùrsa tarsainn a' Chuain an Iar. Cha robh móran cadail ri fhaotainn, agus bha gach seòladair searbh agus sàraichte le obair gun fhois a' cumail gach bàta seasgair an aghaidh gach ànraidh. A bhàrr air a sin, bha aca ri an cuairt a ghabhail eadar stiùireadh agus cumail sùil air a' chuan a bàrr a' chruinn.

Amannan

Sin far an robh Iain air toiseach oidhche fhuar ghaothail – am bàrr a' chruinn ag amharc mun cuairt airson sealladh de na *U-boats* a bha ag èaladh na cabhlaich bhàta o dh'fhàg i cladaichean Alba. B'e sin an t-àm de'n latha a bu chunnartaiche do na maraichean, nuair a bha an nàmhaid na bu bhraise, cinnteach gu robh barrachd sàbhailteachd 'san dorchadas dha fhéin aon uair 's gun do sheall e a làthaireachd. Bha Iain a' smaointinn air a sin, le sruthan as a shùilean le gaoith agus fuachd; ach cha b'e sin bu mhotha a dh'fhàg inntinn tùrsach ach cuimhne a ghòraiche, agus aithreachas nach do chuir e brath gu mhàthair. Nuair a bha a' chabhlach a' seòladh seachad Ceann Bharraidh lathaichean roimhe sin, chunnaic e na h-Eileanan air an robh e cho eòlach 'san astar; agus le cridhe trom le bròn, thòisich e air litir a sgrìobhadh gu mhàthair. Bha an litir sin a nis 'na phòca a' feitheamh a crìochnachadh mun ruigeadh iad a' chiad phort.

Thàinig a' chiad spreaghadh gun fhaireachadh o'n bhàta-ola ris an Deas de'n t-sreath anns an robh bàta Iain. Gun dàil, chaidh an ath thé as a déidh cuideachd suas 'na lasraich a shoillsich na speuran mar mheadhon-latha. Bha fuaim agus iorghuill air gach taobh 'sa chabhlaich uile an uairsin, le gach bàta a' bualadh caismeachd agus na longan-cogaidh a bha ri'n geàrd a' suaineadh a measg nan sreathan a' siubhal an nàmhaid. Air bàta Iain bha gach clag a' bualadh, le a sgread eagalach a' toirt air gach fear leum air a bhonnan agus dèanamh air na staidhreachean 'na chabhaig a dh'ionnsaigh a' chlàir-uachdair gu an àitean-seasaimh, co-dhiù bha sin an cùl gunna no faisg air na sgothan-iomraidh. Chaidh an sgioba a theagasg cho tric anns na dòighean seo o dh'fhàg iad Cluaidh is gu faigheadh gach fear a rathad le shùilean dùinte; ach b'e so a' chiad thurus a dh'fhairich iad neart an nàmhaid cho faisg orra.

Bha Iain fhathast 'sa chrann air chrith le eagal, ach 'na dhéidh sin a' cumail sùil gheur air gach taobh. Cha robh teagamh nach robh a' *U-boat* an teis meadhon na cabhlaich, a réir na h-ùpraid a bha na longan-cogaidh a'

Tighinn Dhachaidh an t-Seòladair   45

dèanamh le'n cuairteagan faisg air far an robh am bàta-ola 'na ball mór de theine.

Mhothaich Iain do'n t-sruthlaig a' tighinn orra o'n Deas, agus gu grad ghlaodh e faireachadh sìos chun an sgiobair air an drochaid – aig an aon àm a mhothaich iadsan a bha 'nan seasamh an sin do'n chunnart. Rinn an sgiobair oidhirp an cùrsa atharrachadh airson an t-orc-iasg a leigeil seachad, ach gu mì-fhortanach cha robh am bàta trom cho ealamh air an stiùir ris na longan-cogaidh – chan e gun dèanadh e móran diubhair co-dhiù, oir cha b'e aon ach dà orc-iasg a bha gearradh astair gu com a' bhàta gu a reubadh o chéile le am buillean bàis.

A bhàrr air a' chiad chrith a chrath troimh'n bhàta agus a fuaim mar pheithir dhealanach a' sgoltadh os a chionn, cha robh cuimhne aig Iain air tachartasan gus an d'fhuair e e fhéin a' strì ri snàmh gu uachdar nan tonn. Nuair a fhuair e anail agus a chiùinich e e fhéin, chunnaic e gu robh e mu fhaid a' bhàta bhuaipe, agus i 'na lasraich o toiseach gu deireadh. Chunnaic e feadhainn de chompanaich a' spàirn ri té de na sgothan-iomraidh a shaorsachadh, agus cha b'e obair fhurasda sin, le lasraichean mun cuairt orra agus an toit dhubh gan tachdadh. Mu dheireadh chuir iad air bhog i agus shreap iad air bòrd. Gun dàil thòisich iad air iomradh gu astar a chur eadar iad fhéin agus an teas a bha duilich a ghiùlan. Mu'n àm sin bha am bàta mór a' sìor ghabhail car agus a' dol sìos air a toiseach. Thuig Iain a reusan dha bhith a' snàmh an àite bhith air a ghlacadh am bàrr a' chruinn gun dòigh faighinn as, oir bha e coltach gun do bhuail an t-orc-iasg com a' bhàta toisich air an drochaid agus gun deach esan a thilgeadh saor tarsainn a' bhàta le neart an spreaghaidh.

Bha an sgoth bheag ag iomradh dìreach rathad Iain, agus gun dàil thòisich e ri glaodhaich airson gun cluinneadh iad e 'san dorchadas. Rinn iad sin, agus an ùine ghoirid bha e 'na shìneadh an ìochdar na sgotha, air chrith leis an fhuachd ach ro thaingeil gu robh e beò. Mun cuairt dheth bha feadhainn leth-rùisgte le'n aodach agus an cuim loisgte. Chunntais e deichnear a bhàrr air fhéin

46   Amannan

air bòrd, le ceathrar dhiubh aig na ràimh a' cumail a sròn ris na tuinn.

Dh'fheuch Iain ri faighinn air a chois airson làmh a thoirt ris an iomradh, ach b'ann an sin a mhothaich e nach robh lùth 'na chois dheas, agus gu robh i air a reubadh o'n t-sliasaid gu ghlùin. Cha robh cothrom aig aon dhiubh tionndadh ri cuideachadh a thoirt do na bha leòinte, ach a h-uile fear dèanamh air a shon fhéin gus am faigheadh iad an sgoth bheag fo smachd agus a mach o chunnart nam bàtaichean móra a bha seòladh seachad orra gun té dhiubh cothromach air an togail. A réir an fhuaim agus na lasraich a bha ri faicinn 'san astar, bha a' chabhlach uile fhathast fo ionnsaigh an nàmhaid, agus mar sin gus an ciùinicheadh gnothaichean cha robh sealbh air cuideachadh tighinn 'nan rathad airson an sàbhaladh.

Thuit an dorchadas trom mun cuairt dhiubh nuair a chaidh na bàtaichean a bha 'nan teine uile do'n ghrunnd, agus thòisich an t-uisge, le frasan troma geamhraidh a dh'fhàg iad air chrith le fuachd. Chaill iad faicsinneachd buileach air gach taobh agus cha robh aca ach tulgadh na sgotha fhulang gus an tigeadh an latha.

B'e oidhche an-shocrach, ghoirt a chuir sgioba na sgotha seachad gus an do shoilleirich an latha agus a thòisich feadhainn aca ri gluasad. Thug Iain sùil mun cuairt a' chuain, ach cha robh crann no toit bàta ri fhaicinn ach na tuinn liatha a' luasgadh gun fhois. Bha iad 'nan aonar air a' chuan fhàsach fharsainn, agus mura toireadh iad sùil orra fhéin cha robh coltas gu robh cuideachadh a' dol a thighinn 'nan rathad.

Rinn Iain oidhirp eile ri faighinn air a chois, ach bha a chas dheas gun fheum agus an cràdh a' dol troimhe mar bhioran nuair a ghluais e. Cha robh cothrom aige suidhe air tobhta airson làmh a thoirt air ràmh, ach rinn e an gnothach air e fhéin a shlaodadh chun an deiridh far an cumadh e làmh air an stiùir. Thug na balaich a bha aig na ràimh suas an obair sin an oidhche roimhe agus bha iad uile 'nan crùban am fasgadh ìochdar na sgotha. Shrac Iain a léine agus shuain e i 'na bann mun cuairt a

Tighinn Dhachaidh an t-Seòladair 47

shliasaid. Gu fortanach chuir an sàl sgur air an fhuil, ach b'e lot domhain a reub a shliasaid. Cha robh cothrom aige an còrr a dhèanamh mu dheidhinn, ach ged nach robh spionnadh neirt air fhàgail ann eadar am fuachd agus an fhuil a chaill e, bha inntinn làidir agus rinn e geall gu ruigeadh iad uile tèarainteachd an fhearainn fhathast.

Thug e sùil air a chompanaich agus b'e a bheachd nach robh an coltas-san móran na b'fheàrr na e fhéin. A' feuchainn ri dèanamh a mach có de sgioba a' bhàta a bha nis còmhla ris, chunnaic Iain nach robh aon oifigeach 'nam measg, agus gum b'e fhéin an aon seòladair, oir b'e stiùbhardan agus luchd-inneil a bha annta uile. Smaointich e ma bha iad ri tìr a dhèanamh gur ann air a ghualainnean fhéin a thuiteadh cùram an t-seòlaidh.

Bha eòlas math aige air sgothan siùil agus a nis, gun choltas cuideachadh a bhith faisg orra, rinn Iain suas inntinn nach robh dòigh air ach seòl a chur ri crann agus oidhirp a dhèanamh aghaidh a thoirt air tìr a dh'aindeoin cho fada 's a bha sin air falbh. Bha a' ghaoth a tighinn le sgal o'n Iar-thuath, agus o sguir na frasan b'fheàrr dhaibh feuchainn ri ruith leis a' ghaoith fad 's a mhaireadh i. Leis a sin bhrosnaich e na balaich a bha aig na ràimh an oidhche roimhe gluasad airson an crann a chur air bonn agus an seòl a thogail.

Cha b'e gnìomh fhurasda sin eadar tulgadh na sgotha agus an laigse leis an fhuachd, ach a dh'aindeoin sin chuir iad an crann 'na sheasamh agus thog iad an seòl. Chomhairlich Iain iad o'n deireadh, far an robh e 'na leth-shuidhe air a shliasaid shlàn agus a làmh air an stiùir. Leis an t-seòl slàn agus cnap gaoithe 'nan déidh, thionndaidh e sròn na sgotha ris an Ear agus cha robh fada gus an robh sruthlag astair an déidh a deiridh. Thog am misneachd gu mór nuair a dh'fhairich iad an sgoth bheag a' gearradh nan stuagh, agus thug Iain air na balaich a bha air an cois sùil a thoirt air a' chòrr de'n sgioba a bha fhathast sìnte an ìochdar na sgotha. Bha cruaidh-chàs na h-oidhche maille ris an fhuachd reòdhta barrachd 's a ghiùlaineadh an triùir a bha air an droch losgadh, agus bha iadsan air an deò a thoirt suas feadh na h-oidhche. Cha robh air ach an cuirp a thoirt sìos do ghrunnd a' chuain.

An déidh an obair thùrsaich sin fhaighinn seachad rinn iad oidhirp a' chuid eile de'n sgioba iad fhéin a ghluasad airson an aodach a thiormachadh 'sa ghaoith, agus am bàta beag a réiteach. Bha astar fada aca ri dhol, agus ma bha iad ri fuireach beò cha b'ann gun oidhirp ro mhór a shabaideadh iad fuachd 's feannadh a' gheamhraidh agus a' chuain.

Bha iad uile deònach gu leòr comhairle agus ceannardas Iain a leantainn, oir cha robh aon aca ro chomasach air bàta siùil a làimhseachadh. Ghluais fear an déidh fir, ach eadar tinneas na mara o thulgadh na sgotha agus cion fasgaidh is blàiths fad na h-oidhche, bha iad uile ann an staid thruagh. Co-dhiù, thug Iain orra cunntas a ghabhail air an uisge agus am beagan bìdh a bha 'sa sgothaidh. Bu bheag na bh'ann gun teagamh, ach le earrannan a roinn a mach gu cùramach bha aca na chumadh beò iad airson deannan lathaichean. Ghabh fear de na stiùbhardan cùram de na cùisean sin agus bha iad uile riaraichte le gnothaichean, oir bha iad fhathast làn dòchais gun tigeadh cuideachadh 'nan rathad mun rachadh móran ùine seachad.

Gu fortanach thàinig boillsgeadh beag de'n ghréin a null am feasgar ud, ged nach robh móran blàiths innte, ach thog e an inntinnean uile agus fhuair iad cuid mhath de'n aodach a thiormachadh. Thuit an dorchadas orra a rithist, agus leis thill am fuachd agus na frasan. Co-dhiù, dh'fhan a ghaoth 'nam fàbhar agus cha robh stiùireadh aig Iain ri dhèanamh ach a chudthrom a chumail air an ailm fo achlais agus an seòl a chumail làn. Gun teagamh, cha robh e an cothrom an còrr a dhèanamh, oir bha an cràdh o'n lot air a shliasaid a' sgaoileadh suas 'na chom agus cha leigeadh an t-eagal dha tuiteam 'na chadal ged bu mhór a mhiann a shùilean a dhùnadh. Mar sin cha robh e ach eadar cadal is dùsgadh fad na h-oidhche, agus cha b'urrainn e gluasad gun an cràdh a dhol troimh chom gu bàrr a chinn.

Tighinn Dhachaidh an t-Seòladair 49

Thàinig glasadh an ath latha gun na frasan geamhraidh ag athaiseachadh agus cha robh de neart air fhàgail ann an aon dhiubh na shìneadh mun cuairt na brioscaidean a bha air fhàgail. Bha Iain 'na chrùban 'san deireadh leis an ailm daingeann fo achlais agus a chas ghoirt gun ghluasad ach leth-lùbach an tacsa an tobhta. Airson inntinn a chumail thar a' phian nach robh toirt fois dha, thòisich e air rann de dh'òran Gàidhlig an dràsda 's a rithist. Cha robh móran fuinn ris, ach thoireadh e a smaointinnean air a dhachaidh agus nuair a bhiodh e ag éisdeachd ri athair a' canntaireachd ris fhéin. Thigeadh fiamh-ghaire gu bhilean a' cuimhneachadh nitheigin 'na òige agus thuiteadh e 'na chadal corrach airson mionaidean eile gus an dùisgeadh luasgadh na sgotha e a rithist.

Dh'aotromaich an t-uisge a null mu fheasgar, agus thug Iain air na bha cothromach gluasad airson an sgoth a thaomadh agus sùil a thoirt air an companaich. Fhuair iad fear de na balaich òga a dh'fhàg am bàta mór leth-rùisgte 'na chabhaig marbh o'n fhuachd. B'esan cuideachd fear de na bha cho tapaidh aig na ràimh ag iomradh na sgotha o chunnart a bhàta mhóir a dh'fhàg iad 'na teine, agus a thog Iain air bòrd. Le strì, oir bha an neart gan tréigsinn uile, chuir iad corp a' bhalaich sin a mach do'n chuan mar a chuir iad an triùir chompanach eile roimhe sin. Tha fios gun do smaointich gach fear gum b'e fhéin an ath fhear a leanadh iad. Dh'aontaich iad uile an uairsin na bha de bhiadh air fhàgail a roinn a mach, oir cha robh de neart ann an aon dhiubh tuilleadh airson dragh coimhead as déidh biadh no deoch a ghabhail.

Chaidh an latha sin seachad, agus oidhcheanan 's lathaichean 'na dhéidh, gun chuideachadh tighinn 'nan rathad airson an sàbhaladh. Bha na bha beò dhiubh an ìochdar na sgotha eadar cadal is dùsgadh gun fhios no fàth co-dhiù b'e latha e no oidhche, agus fada thairis air a bhith a' gabhail cùram. Chum an seòl làn agus bha làmh Iain air an stiùir cho daingeann 's a bha i riamh, a' cumail sròn na sgotha air cùrsa do'n Ear.

50 *Amannan*

B'ann moch madainn naoi lathaichean an déidh am bàta mór bualadh a bha Ruairi Bàn a' gabhail sgrìob sìos an cladach taobh an Iar an eilein nuair a mhothaich e do'n sgothaidh le a seòl fhathast suas air iomall an làin, far an deach i air tìr agus far an robh i a nis tràighte. Rinn e cabhag thuice agus thòisich e air an obair neo-thlachdmhor – air siubhal a measg nam corp airson aon anns an robh an deò fhathast. Shaoil e gu fac e coltas analach an dithis agus gun dàil thug e an tigh air cho luath 's a thoireadh a chasan e, airson brath a chur airson dotair agus cuideachadh.

B'e an stiùbhard aig an robh obair am biadh a roinn fear de'n dithis a bha beò an déidh an cruaidh-dheuchainn, agus is e esan a dh'ìnns mar a thachair. Bha Iain crùbte aig an ailm nuair a thog Ruairi Bàn as an sgothaidh e, ach cha robh deò air fhàgail ann. Rinn an dotair a mach gun do dh'eug e an latha roimhe sin.

Chum Iain a gheall – thug e am bàta beag thar a' chuain fharsaing slàn gu tìr, ged nach robh fios aige gum b'ann gu cladach Siar an eilein anns an do rugadh e a rinn e cùrsa. Thiodhlaiceadh Iain còmhla ri chompanaich 'sa chladh far an robh a chuideachd fhéin 'nan sìneadh.

Fhuaradh an litir am pòca Iain, agus thug a mhàthair do'n t-sagart i. Air an t-Sàbaid, agus an eaglais làn gu na doruis, leugh esan i do'n choimhthional gu léir; agus bha deur an iomadh sùil mun do chrìochnaich e i. B'e seo an litir:

A Mhàthair a Ghràidh,

Chan eil fios agam ciamar a thòisicheas mi air mathanas iarraidh oirbh an déidh na h-ùine seo gun sgrìobhadh no brath a chur thugaibh. Mar a thuigeas sibh, is ann gu muir a thug mi orm an déidh dhomh an tigh fhàgail.

Tha mi a nis air an dara bàta, agus mar tha mi creidsinn tha fios agaibh, chan eil cùisean aig muir cho sàbhailte agus a bha iad. Tha sinn air an rathad tarsainn a' Chuain an Iar. Chaidh sinn seachad air na h-Eileanan

Tighinn Dhachaidh an t-Seòladair 51

an latha roimhe, agus bha deòir o m'shùilean a' smaointinn oirbh – cho fìor ghoirid, ach gun dòigh agam air brath a chur thugaibh gu robh mi cho faisg air an dachaidh.

Chan eil fios agam ciamar a théid dhuinn, oir tha eachdraidhean a' dol mun cuairt gu bheil an nàmhaid gar lorg latha agus oidhche. Ach aon nì tha mi cinnteach as, a mhàthair: nuair a thilleas mi o'n turus seo thig mi dhachaidh agus bheir mi dhuibh gach sgillinn a choisneas mi. Tha mi a nis a' tuigsinn na chaidh sibh troimhe gar togail nuair a dh'eug m'athair, agus cha robh e furasda dhuibh, ged nach do thuig mise sin aig an àm.

Is iomadh dragh a chuir mi oirbh, ach ma shàbhaileas Dia mi an turus seo tha mi an dòchas gum bi mi 'nam bharrachd cuideachaidh dhuibh na bha mi roimhe.

Chan eil oidhche o'n a sheòl sinn nach eil mi gar faicinn ann an aisling a' toirt comhairle dhomh, agus tha fios agam gu bheil sibh ag ùrnuigh air mo shon. Bidh eagal orm uaireannan nuair a bhuaileas na clagan agus a tha amharus gu bheil cunnart an nàmhaid faisg oirnn, ach smaointichidh mi oirbh agus togaidh sin mo mhisneachd.

Tha mi sgrìobhadh seo eadar gach obair a tha againn ri dhèanamh air bòrd, ach cuiridh mi crìoch air an litir seo fhathast mun ruig sinn an ath phort. Tha mi dol suas do'n chrann air a' mhionaid a chumail sùil mun cuairt airson greise. Bidh mi a' smaointinn oirbh agus a h-uile duine de ar càirdean. Tha mi an dòchas nach bi fada gus am faigh mi dhachaidh agus am faic mi sibh uile.

Cailein T MacCoinnich
Pìobaireachd Dhòmhnaill Dhuibh

Nuair a ghlac athair Dòmhnall a' cluich an fheadain Latha na Sàbaid, bhrist e am feadan mu mhullach a chinn, is rinn e soilleir dha gur e na bu mhiosa dh'éireadh dha nan glacaiste rithist e ris a' chosnadh cheudna. Co-dhiù, sin a bha iad ag ràdha, 's cha rachainn fada 'n urras nach robh iad ceart; 'se duine crosda dha-rìreabh a bh'ann an Uisdean nuair a dh'éireadh i shuas air. Air an làimh eile, bha Dòmhnall a cheart cho math aig an iomain 's a bha e aig an fheadan, is có b'urrainn a ràdha nach e'n caman a dh'fhàg cnap uibhir ri ubh curracaig air a bhathais?

Pìobaire math a bh'ann an Uisdean e fhéin, is bha e an dòchas gun tigeadh an latha a leanadh a mhac e a measg nan sàr phìobairean a bha togail nan duaisean bliadhna as déidh bliadhna aig na geamaichean mòra. Ach bha Uisdean 'na éildear eaglais cuideachd, is ge bith dé cho aighearach 's a chuireadh e port air pìob no feadan eadar Di-luain agus Di-sathuirne, 'se gnothaich eile bh'ann eadhon sùil a thoirt an taobh a bha na h-innealan ciùil air an t-Sàbaid. Cha do rinn Maois uamhasach soilleir dhuinn an robh deifir mór eadar obair is dibhearsain 'na latha-san, nuair a chronaich e saothair air an t-seachdamh latha, ach colach ri iomadh àithne agus stiùireadh glic eile 'san Fhìrinn, theannaich no leudaich na ginealaich iad mar a b'fheàrr a thigeadh ri'n càil 's ri'n deisealachd fhéin.

A nis, chan e balach beag a bh'ann an Dòmhnall idir. Bha e cóig bliadhna deug aig an àm, is ann an iomadh seagh bha e fada na bu shine na sin ann an eòlas, tuigse agus breithneachadh. Bha e aig an aois sin anns am bi smuaintean làidir ceannairceach ag éirigh suas 'san aigne òig, gu h-àraidh nuair a bhios pàrantan dualach a bhith dol thar na còrach le smachd – no rud ris an can iad fhéin smachd. Cha robh Dòmhnall ach colach ri iomadh fear agus té eile dhe aois; cha b'urrainn dha thuigsinn carson a bha athair cho cruaidh is cho cumhang a' mìneachadh an lagha aig aon àm, is ann an aon suidheachadh, 's cho fuasgailte aig uairean eile. Bhiodh an argumaid air chois gu math tric.

"Chan eil mi tuigsinn o'n talamh, athair, carson a tha sibh cho fada an aghaidh ceòl 'san eaglais, duine tha cho measail ruibh air ceòl 's gach dòigh eile. 'S iomadh brag a thug Daibhidh air a' chlàrsaich a' moladh a' Chruithfhear."

"A, laochain, tha sin ceart, ach cuimhnich thusa nach ann a stigh 'san teampull a bha e ris." Chrath e cheann. "Oigridh an latha 'n diugh!"

"Ach athair, faodaidh gu bheil sibh a' dìochuimhneachadh nach robh an teampull ann ri linn Dhaibhidh – nach e Solamh a mhac a thog e? Nan robh e suas ri linn a' chlàrsair mhóir, tha mi deimhinn as nach saoileadh e sìon dheth. Duine sam bith a thòisich a' dannsa as a léinidh air bialaibh na h-àirce, dhèanadh e rud colach sam bith."

Thàinig colg chrosda air aodann Uisdein; cha chòrdadh ris idir a bhith ga ghlacadh 'sa cheàrr, gu h-àraidh leis an fheadhainn òga. Chuimhnich e nis ceart gu leòr nach robh clach air muin cloiche dhe'n teampull ann an àm Dhaibhidh. Thionndaidh e air a mhac.

"Chan eil e gu dragh; 'se bha sin ach an Seann Tiomnadh 's cha robh 'san teampull ach eaglais nan Iùdhach. Bha rudan a stigh ann nach biodh idir colach an eaglaisean Crìosdail an latha 'n diugh."

"Bheil sibh a' ciallachadh nan ìomhaighean òir is airgid 's an leithid sin? 'S neònach leam fhèin gu robh Criosda ag aoradh ann 's gun tuirt e *Tigh m'Athar* ris. Nach bu bhochd an rud e nach faiceadh duine Criosda an duigh a' dol a steach a dh'eaglais dhe'n t-seòrsa sin, 's na Criosdaidhean móra a' dealachadh ris aig an dorus, chionn 's nach b'urrainn iad aoradh ann?"

Bha chrosdachd ag at gu corruich ann an sùilean

54   *Amannan*

athar, 's e faighinn a' chuid bu mhiosa dhe'n argumaid. Ach chuimhnich Dòmhnall na dh'fhuiling e o òige fo spòg an-iochdmhor creideamh athar; cha robh sòradh aige, 's chuir e roimhe nach biodh truas no cumhnadh ann, athair ann no as. Lean e air.

"Rud eile, cha robh ann ach toibheum dhuibh toirt air a' mhinistear thruagh sin thall na flùran a thilgeil a mach as an eaglais an latha chuir a bhean iad cho snog air bòrd a' chomanachaidh. Nach ann air Dia a bha sibh a' magadh? 'S iomadh rud grànda tha stigh air na ballaichean de obair làmhan dhaoine – gun ghuth a thoirt air na cridheachan dubh aca – tha feumach air a chartadh a mach mum buineadh sibh ris na dìtheanan beannaichte, obair a làmhan Fhéin, mu 'n tuirt Criosda nach robh Solamh 'na làn ghlòir colach riutha."

Stad e. Ar leis gun tuirt e gu leòr, a réir a' cholais a bh'air aodann athar. Gu nàdurra 'se duine cothromach foighidneach a bh'ann an Uisdean, ach nuair a thigeadh i gu creideamh cha robh an fhoighidinn cho comharraichte. Ach facal mór no beag cha tàinig as a bhial; ma bha dad aige ri ràdha stad e 'na sgòrnan colach ri buntàta dheidheadh tarsainn ann an slugaid mairt. Spìon Dòmhnall leis an caman far cùl an doruis 's thug e chasan leis, a shireadh cuideachd is comunn a chomhaoisean air a' bhlàr iomain aig ceann shìos a' bhaile. Bha na blàir 's na h-argumaidean seo eadar e fhéin is athair a' bristeadh a mach na bu trice o chionn greis air ais, 's cha robh mìlseachd idir 'sa bhuaidh a bha am fear òg a' faotainn nuair a dh'fhàgadh e athair bog balbh aig crìoch na còmhraig.

"Chan eil ort ach an colas gruamach. Eil am bodach air latha dubh eile thoirt ort?" Dh'aithnich e guth Mòraig eadhon mun do thionndaidh e. Thàinig i mach as dorus na bùtha, 's bha i air a shàil mun cual e fuaim a ceum.

"Latha dubh? Cha tug no latha dearg, 's carson a bheireadh? Cha bhi toirt latha dubh air an teaghlach ach na drongairean a bhios a' tigh'nn dhachaidh 's i gan dalladh." Chuir sin crìoch air a' chòmhradh is dh'fhalbh

Mórag air a fiaradh gu taobh eile na sràide. Bha h-athair caran trom air sùgh an eòrna, is ged nach robh e buileach cho coirbte 's a shaoileadh tu o chainnt Dhòmhnaill, bha e colach gun do chuir e'n tigh bun-os-cionn turus no dhà nuair a thàinig e dhachaidh fo bhuaidh na daoraich.

Ionnsaichidh sin dhuit do theanga chumail agad fhéin, smaoinich e 's e toirt suaibeadh cunnartach leis a' chaman air crogan a bha 'n dìg a' rathaid. Cha robh aige idir mu Mhóraig, ged a bha i an càirdeas fad as dhaibh; cha robh an càirdeas cho dlùth 's nach do dh'fheuch i tubaist a chur 'na lùib còrr is aon uair. Bha Mórag suas ri trì bliadhna na bu shine na Dòmhnall, 's gu math na b'aosda na sin ann an cleasan nam boireannach fuasgailte. Thug Uisdean fhéin spochadh thuice uair no dhà, is chuala Dòmhnall e ag ràdha aon latha, "Tha t-àm aig Niall coimhead as déidh na h-inghne ud aige, air neo tha mise 'g ìnnse dhuit gu faigh i i fhéin is clann chàich ann an crois." Cha robh Mórag ach ceithir deug aig an àm is Dòmhnall ach gann an dusan, ach chum e cuimhne air briathran athar.

Aig an aon àm, bha rudeigin neònach timcheall air Móraig nach robh idir 'sa chlann-nighean eile 'san àite; ged a lùigeadh Dòmhnall uaireannan sgailc mhath a thoirt dhi, cha b'urrainn e dhol as àicheadh nach robh tarraing chunnartach 'na sùilean, an cumadh a h-aodainn, ann an lainnir a gruaige.

"Banabhuidseach, ma bha i riamh ann," theireadh Eachann a' Chùbair, am fear aig an robh fhios air a h-uile rud. Bha esan a' fuireach leis fhèin is bhiodh Mórag a' dol a steach a thoirt làmh-sgioblachaidh air an tigh aige uair no dhà 'san t-seachdain.

"Banabhuidseach," chanadh rabhd air choireigin a measg nam fear, "tha còir fhios a bhith agad; tha thu faicinn gu leòr dhith." Thoireadh gach fear a bheachd fhéin dé bha sin a' ciallachadh, ach rachadh iad uile 'nan lùban a' gàireachdaich.

Cha robh buadhan sam bith dhe'n t-seòrsa sin a dh'fhaodadh a bhith aig Móraig a' cur dragh air

56   *Amannan*

Dòmhnall. Ma thuirt e'n dràsda 's a rithist, "Tha'n donas ìnnte," cha robh e idir a' ciallachadh gu robh am Fear Mór a' còmhnaidh air a siubhal gu pearsanta. Chaidh e fhéin is athair cha mhór a mach air a chéile, rud nach robh ainneamh, mu'n té aig an robh leannan-sìth ann an Endor is a thog Samuel o na mairbh – Uisdean a' làn chreidsinn, chan e mhàin gu robh leithid ann uair dha robh saoghal, ach gu robh té thall 's a bhos dhiubh fhathast; Dòmhnall a' dèanamh dheth nach robh dearbhadh air a ghnothaich an dè no 'n diugh. Aon rud a dh'aidicheadh e – agus 'se sin, nan robh a leithid ann, 's na comharran oirre mar a bha sgialachdan is bial-aithris ag ràdha, gu robh Mórag a' comhlionadh na h-ìomhaigh anns gach seagh a dh'iarradh duine. Bha dà shùil oirre cho dubh ris na smeuran is cho biorach ris na snàthadan, bha a gruag a cheart cho dorcha, le lainnir an-àbhaisteach aisde, bha tuar chiar ach aig an aon àm bhòidheach air a craiceann; is nuair a shealladh i ort cha mhór nach canadh tu gu robh sùilean a' dol gu grunnd do chridhe 's d'aigne.

Gabhadh e ris no chaochladh, bragail 's gu robh e 'na bheachdan, 'se 'n fhìrinn gu robh beagan a dh'eagal aig Dòmhnall roimhpe. Sheachnadh e i nan rachadh aige air, ach cha robh sin farasda dha uairean. Aon rud a bh'aca an cumantas – a' phìobaireachd. Bha ise frithealadh a' chlas pìobaireachd còmhla ri Dòmhnall, ach cha robh i 'na h-aonar an sin; bha triùir chaileagan eile 'san àite dol thuige cuideachd, a bhàrr air suas ri ochdnar ghillean. Agus 'si Mórag am pìobaire bu ghealltanaiche aca uile; bha ceòl beò 'sna meuran aice, 's iad a' dannsa air an fheadan mar gum biodh fo'm buaidh nàdurra fhéin.

"O tha e 'sna daoine againn uile," chanadh Uisdean le moit, nuair a mholadh Dòmhnall ealan Móraig, "ach leth na truaighe, tha i ro ealanta air rudan eile cuideachd, a réir cholais. Fuirich uaipe, 'ille."

Bha móran ghnothaichean a' ruith 'nam bruaillean troimh cheann Dhòmhnaill am feasgar ud air a' bhlàr iomain: an connsachadh a bh'aige ri athair mun do dh'fhàg e an tigh, an suathadh a bh'aige ri Móraig air a rathad a nuas, an sgoladh a fhuair e e airson am feadan a ghleusadh air an t-Sàbaid, an ionnsaigh a thug na h-éildearan air a' mhinistear nuair a chuir a' bhean òg Ghallda na flùran dha'n eaglais. Bidh e dualach nach robh ùidh is aire uile-gu-léir air a' chluich, nuair a chaidh e steach eadar Seòras 's am ball air an taobh cheàrr 's a fhuair e caman an fhir eile air mullach a' chlaiginn.

Thuit e mar gun deidheadh am peilear ann. Chruinnich càch mun cuairt, chuir cuideigin seacaid fo cheann, ruith fear a dh'iarraidh uisge, thòisich fear a' suathadh a bhathais. Cha robh an dochann cho fìor olc; ged a bhrist a' bhuille an craiceann is ged a bha fhuil a nuas mu shùilean, cha robh e fada gu'n tàinig e mun cuairt. Ghlan iad an fhuil dheth cho math 's a b'urrainn iad, is chuir fear aca neapaicin air an lot – neapaicin nach robh cho glan 's a dh'fhaodadh e bhith, ach a rinn a' chùis cho math ris an staill bu ghrinne thàinig riamh a ospadal. Bha Seòras cho duilich mar a thachair, ach chuir Dòmhnall stad air: "Na gabh dragh dheth – mo choire fhèin a bh'ann. Shaoileadh tu nach do rug mi riamh air caman." Chuir e mheuran gu faiceallach air a cheann. "Chan eil ann ach sgrobag, rud gun seagh. Cha leig sibh a leas an geama stad air mo shon-sa."

Ceart gu leòr, cha robh sgailcean is buillean 'nan annas idir air an raon iomain. Gann geama nach robh cuideigin a' dol dhachaidh le rùdanan briste, ribe craicinn far faobhar na lurgainn, no cnap cràiteach air a cheann. Chuir Dòmhnall air a sheacaid 's thog e leis a chaman, ach chaidh càch a rithist an òrdugh cath agus còmhraig, mar a theireadh am facal, cho luath 's a chunnaic iad gu robh e làn chomasach an tigh a thoirt a mach leis fhéin.

Dh'fheumadh Mórag tachairt ris air a rathad air ais. Cha robh iarraidh sam bith aige air a cuideachd; ach ann an dòigh, cha robh móran roghainn aige 'sa chùis. Dìreach mu choinneamh geata na h-eaglais dh'fhairich e car fann 's mar gum biodh tuaineal 'na cheann. Shuidh e air an fheur ghorm ri taobh a' gheata 's chuir e làmh air a bhathais.

58   *Amannan*

"Dé tha ceàrr ort, a Dhòmhnaill? Ann e tuiteam a rinn thu?" Ann am prioba na sùl bha i air a glùinean ri thaobh 's a làmh mu ghualainn.

"Mo cheann. Fhuair mi gnogag bheag aig an iomain – cha d'fhiach e sìon." Tharraing i cheann ri broilleach, 's chrom i os a chionn a choimhead air a' ghearradh. Le meuran a ghluais na b'aotroime na rinn iad riamh air feadan, roinn i a' ghruag aige is chàirich i a bilean air an lot. Ann an suidheachadh sam bith eile bha e air leum air falbh bhuaipe, air neo a putadh bhuaidhe, ach bha aodann air a dhinneadh eadar a cìochan is bha mothachadh aige air blàths is cùbhraidheachd nach d'fhuair e riamh an uchd màthar. Shaoil leis gun do thraoigh an cràdh a bha 'na cheann, gun do theich an tuaineal, gu robh e snàmh ann an uisgeachan domhain ciùin is gun iarraidh sam bith aige gluasad asda. Dhìochuimhnich e na chual e riamh mu thàladh na mnatha-sìthe; nan robh leithid a smuain air tighinn a stigh air, faodaidh gu robh na beachdan aige air droch chrathadh fhaighinn.

Nuair a thàinig e am bàrr, mhothaich e gu robh aon làmh timcheall air Móraig is an téile 'na laighe air a' chìch aice. Bha ise 's a dà làimh ri aodann a' cumail a chinn an taic a broillich, is i crònan mar gum biodh i tàladh leanaibh. Thug e crathadh air fhéin, is sheall e oirre. Theann i air falbh bhuaidhe mar gum biodh e air buille thoirt dhi. Dh'fhairich e cho beag, cho suarach, cho mì-thaingeil 'na sùilean, is e tuigsinn nach e collaidheachd no drùisealachd a bh'air cùl a gnìomharan ach truas, rùn cuideachadh leis.

Sheas i mu choinneamh cho dìreach ri saighead, a ceann àrd, àrdan a' lasadh 'na sùilean is pong uaibhreach 'na guth. "Cha leig thu leas eagal a bhith ort gun cuir mise fo gheasan thu. O, tha fhiosam glé mhath dé tha iad ag ràdha, ach bha dùileam nach robh gille cho glic, eòlach ri Dòmhnall a' toirt géill dha'n an amaideas sin – no dha na naidheachdan grànda eile bhios aca." Thionndaidh i air a sàil agus dh'fhàg i an siud e – bog balbh, a' gheòiread cainnte air a thréigsinn, comas a'

Pìobaireachd Dhòmhnaill Dhuibh 59

chonnsachaidh air a dhol bàs ann.

Ach lean a shùil i suas an rathad, is e gabhail a steach a loinn: an t-subailteachd a bha 'na gluasad, an snas is an t-eireachdas a bha 'na cruth is 'na bodhaig. An ceann cho stàiteil air a guaillean, a broilleach àrd làn a' sàthadh a mach roimhpe, a cruachanan cho farsaing réidh a' gluasad mar gum biodh an co-shéisd ri spiorad togarrach a h-aigne, na casan cho cuimir dealbhach o aomadh còmhnard a sléisnean gu sìneadh grinn seang nan calpanan. Bha mar gum biodh ceòl 'na cruth is 'na gluasad.

Gu socair, faiceallach chuir Dòmhnall a làmh air a cheann. Troimh'n ghruaig lorg e far an d'fhuair e bhuille ach cha robh cràdh idir ann, eadhon nuair a thug e dinneadh beag air. Dh'fhairicheadh e an craiceann rud beag sgorrach far an do ghearradh e, ach cha robh fiù tuar fala air a mheuran nuair a thug e sùil orra. Thàinig greann beag air aodann, is bha preasadh eadar na sùilean aige mar a dh'éirich e 's a thog e air dhachaidh.

Leighis an lot ann an latha no dhà, is chuir Dòmhnall air a chùlaibh smuain neònach sam bith a thàinig a stigh air an déidh a choinneachadh ri Móraig. A réir cholais, dhìochuimhnich athair am blàr bhriathran a bh'aca; is airson ùine mhath bha sìth is sàmhchair a' riaghladh beatha Dhòmhnaill, 's gun duine cur dragh air a muigh no stigh. Ma bha dad idir a' milleadh a shaoirsne 'se obair na pìobaireachd – a dh'aindeoin 's cho math 's a bha e faighinn air adhart, bha Mórag daonnan ceum air thoiseach.

"O, tha thu math, anabarrach math," theireadh athair ris, "nas fheàrr na bha mise is feadhainn a b'fheàrr na mi aig d'aois. Ach tha an nighean dhubh ud aig Niall a' dol a dhèanamh a' chùis ort."

"Tha i math gun teagamh, athair," dh'fheumadh e aideachadh, "ach tha i aige còrr is bliadhna nas fhaide na tha mise. Ni mi gnothaich oirre fhathast." Cha robh Dòmhnall farmadach no bòsdail, is nam b'e neach air bith eile bh'ann ach Mórag, cha bhiodh dragh aige. Ach 'si Mórag a bh'ann, is aig grunnd a chridhe bha fhios aige gum biodh i air thoiseach cia bith dé dhèanadh e.

Rinn athair gàire: "Glé mhath, a laochain; tha mi toilichte fhaicinn nach toir thu suas gun sabaid a dhèanamh dheth. Feumaidh tu cleas MhicCruimein a dhèanamh is bean-shìthe a lorg a bheir dhuit sionnsar airgid no rudeigin." Bha rud éibhinn ann an Uisdean cuideachd, fhad 's a chumadh tu o chreideamh e. Chaidh an còmhradh seachad leis a sin, ach lean co-dhùnadh an t-seanachais ri Dòmhnall ann an dòigh a chuir iongnadh air fhéin.

Bean-shìthe MhicCruimein; feadain airgid; an gille a Smeircleit, an Uibhist a Deas, a fhuair eòlas na pìobaireachd nuair a chuir e mheuran ann am bial na maighdean-shìthe – an e a theanga chuir e 'na bial? cha robh cuimhn' aige. Cha robh uair a thigeadh na seann sgialachdan a stigh air nach canadh e ris fhèin, "O, amadain, tha fhios agad glé mhath nach eil an sin ach rudan gun dòigh." Bha sin glé mhath ach cha robh dol as air, bha Mórag a' feuchainn ris. Uairean shaoileadh e gu robh e toirt barradh oirre le mearsa no ruidhle, ach 'sann glé ainneamh; is nuair a thigeadh e gu Ceòl Mór cha robh seasamh cas aige idir ri taobh. Bha càch 'sa chlas a' gabhail ris mar rud nach robh leasachadh air; dhèanadh iad an dìcheall, is ma bha tàlant neo-àbhaisteach aig Móraig, cha b'urrainn iad an còrr a dhèanamh. Ach Dòmhnall. Domhain shìos aig freumh a nàduir bha stìom caol rag. An cumantas rachadh aige seo a chumail fo cheanns, eadhon a' connsachadh ri athair; ach bha e searbh leis gabhail ris gum biodh leithid Móraig 'san t-sreath thoisich air ann an rud sam bith a b'urrainn e leasachadh.

Tha spiorad dàna co-cheangailte ris an òige, spiorad nach eil farasda bacadh a chur air nuair a ghabhas e rud 'na cheann; is bidh e colach gur e seo a chuir Dòmhnall le làn thoil fhéin an lùib Móraig a rithist. An déidh dha'n chlas-pìobaireachd sgaoileadh aon oidhche, is e faireachadh gu robh e cluiche na bu mhiosa na b'àbhaist – an coimeas ri Móraig co-dhiù – chur e roimhe cùisean a chur chun an dearbhaidh. Dèanadh e amadan dheth

Pìobaireachd Dhòmhnaill Dhuibh 61

fhéin no chaochladh, cha robh dragh a' choin aige. Bha gnothaichean air a dhol cho fada sin.

Thionndaidh i aithghearr nuair a mhothaich i gu robh cuideigin a' coiseachd teann air a sàil is a' feuchainn ri dèanamh suas rithe. Ach cho luath 's a mhothaich i có bh'ann rinn i gàire beag cuideachdail na fàilte. 'Sann glé ainneamh a choisicheadh i dhachaidh còmhla ri té dhe na h-ingheanan eile, is chan fhaca Dòmhnall riamh i dol dhachaidh an cuideachd duine dhe na gillean. Chuir i làmh an achlais Dhòmhnaill cho luath 's a bha e ri gualainn, cho nàdurra 's ged a bhiodh iad a' dol dhachaidh mar sin a h-uile h-oidhche clas.

"Cha robh d'aire air a' chluich a nochd idir, a Dhòmhnaill, ge bith cà' robh an inntinn agad; bha an lùdag caran rag 's na meuran rud beag slaodach. Tha eagal orm nach eil am feadan 's an caman a' dol ro mhath cuideachd."

A' gabhail a leisgeul a rithist. Bha fhios aige nach e dad a phronnadh a rinn an caman air a mheuran a dh'fhàg e air dheireadh oirre-se – bha i fada air thoiseach air, 's cha robh an còrr mu dheidhinn. Ach chan ann air a' cheòl no air a' chluich a bha aire a nis, ach air a' bhlàths a bha 'na gàirdean is mar a dh'fhairicheadh e a' chìoch aice an taic a ghàirdean fhèin. Bha a slios cuideachd teann, blàth, beò ri chruachan, is i cumail ceum ris.

Airson greis cha robh guth aige, is gun e uile-gu-léir cinnteach ciamar a dh'fhosgladh e an gnothaich. Is an sin, nuair a bhruidhinn e, 'sann air fiaradh a dh'fhalbh e. "Tha mi duilich an rud a thuirt mi mu d'athair an latha roimhe," – bha an latha roimhe pìos math seachad a nis – "cha robh mi idir ga chiallachadh; bha faclan agam fhèin 's aig a' bhodach, 's tha eagal orm nach robh an t-sunnd ach meadhonach."

"O, tha mi tuigsinn. Cha robh dad a chòir agam-sa bhith gad phiobrachadh 's fhiosam taghta nach robh sùrd còir sam bith ort. Tha mi duilich cuideachd." Nan robh i beagan na bu shoilleire, 's gu faiceadh e na sùilean aice, chuireadh e teagamh 'san aithreachas; bha e

62   *Amannan*

daonnan doirbh a dhèanamh a mach cuin a bha Mórag dha-rìreabh is cuin a bha i tarraing asad. Eadhon mar a bha, air cùl inntinn bha amharus beag aige gu robh i tuigsinn glé mhath nach ann airson a leisgeul a ghabhail a shir e a cuideachd a nuas an rathad.

Thàinig e mach leis. "Tha aon rud a tha mi son fhaighneachd dhuit, a Mhórag. An e cho tric 's a tha thu cluich aig an tigh a tha gad fhàgail cho glan aig a' phìobaireachd, no bheil dòigh eile – no faigh duine – no an gabh e ...? Bhrist i mach a' gàireachdaich mun d'fhuair e crìoch a chur air a' cheist.

"No am faigh duine an tiodhlac no a' ghibht mar a fhuair MacCruimein i? Nach e sin a tha cuid aca 'g ràdha 'san àite? Gur ann o'n Droch Fhear a fhuair mise na tàlantan a th'agam: tàlant leighis, cluich na pìoba, clann is beathaichean a thàladh, agus" – an seo thàinig cnead beag air a guth – "rudan eile nach eil idir cho laghach."

"Tha fhios agad nach eil mise creidsinn a leithid sin, a Mhórag – seann sgialachdan a bh'ann o linn nan creach. Ciamar air an t-saoghal – "

Chuir i stad air. "Chan eil thu creidsinn 's chan eil thu cinnteach. Bheil thu creidsinn rud sam bith, ma thig i chun a sin? Mur eil thu creidsinn carson a tha thu faighneachd?" Cha b'urrainn e ràdha an ann a' magadh air a bha i no an robh i a' ciallachadh na bha i ag ràdha. Dh'fhan e sàmhach is chum i oirre – mar a bha e cha mhór cinnteach a dhèanadh i.

"Canaidh mi seo riut, a Dhòmhnaill – tha chuid mhór de chomasan duine 'na laighe 'san earbsa a th'aige as fhéin. Ach nach aidich thu cuideachd gum brosnaich aon duine duin' eile? Tha e daonnan a' tachairt."

"Dé tha thu ciallachadh?" Cha robh e cinnteach gu robh e ga leantainn.

"Dìreach seo: nach ann o chuideigin eile tha sinn a' faighinn no ag ionnsachadh gach ealan is comas a th'againn? Cainnt, cluich, leughadh is mìle rud eile 'nar beatha – is tha ìre na tàlant a réir an fhir-teagaisg."

Dh'fhàs e caran crosda. Bha amharus aige nach robh i ach a' snìomh is a' toinneamh cainnte airson a chur dheth. "Mar sin tha thu cumail a mach gu bheil Murchadh Pìobaire a' cosg barrachd dhe ùine 's dhe thàlant riut-sa na ris a' chòrr againn?" Bha fhios aige, agus aice-se, nach robh ceann a' chlas a' cur leth na saoithreach ann an teagasg Móraig 's a bha e toirt do chàch – cha robh feum aice-se air.

Thionndaidh i air. "Chan e sin idir a tha mi ciallachadh, ach gu bheil an tàlant agam-sa 's gun urrainn mi a toirt dhuit-sa. Am foghainn sin leat?"

" 'S ciamar a fhuair thus' i? Có thug dhuit i?"

"Chan eil dad a dh'fhiosam. Mun do chaochail mo sheanair, thuirt e rium aon turus gun do chaidil mo mhàthair a muigh aig a' mhònaidh aon latha, 's gur éiginn gun d'fhuair i pòg o'n leannan-shìthe – bha i ga mo ghiùlain-sa aig an àm. Feumaidh gur ann orm-sa a bhuilicheadh a' ghibht, ma bha mo sheanair ri chreidsinn."

"O, na bi cho faoin 's gu bheil thu 'm beachd gun creid mise sin; tha mi làn deimhinn nach eil thusa ga chreidsinn nas motha. Leannan-sìthe, buidseachd, draoidheachd – Tigh Iain Ghròt dhaibh: cha robh an leithid riamh ann."

Theann i ri feadaireachd port nach deach aig Dòmhnall a chluiche dòigheil fhathast a dh'aindeoin a dhìchill agus saothair chogaiseach an fhir-teagaisg.

"Glé mhath, ma-tha. Ma bheir mise dhuit an comas am port ud a chur air a' phìob le aon leasan beag, an creid thu mi?"

Dé b'urrainn e dhèanamh? Cha robh air ach a cur chun an dearbhaidh; co-dhiù, nach ann airson sin a bhruidhinn e rithe o'n toiseach?

"Ceart. Thoir dhomh an comas, an tàlant, a' ghibht, no cia bith dé th'ann, is creididh mi rud sam bith – gur càise bàn a' ghealach, ma thogras tu."

"Chan eil eagal ort gur tiodhlac o'n t-Sàtan a th'ann?"

"An Sàtan? Chan eil dearbhadh agam fhathast gu bheil a leithid a bheathach ann, 's nam bitheadh tha mi làn chinnteach nach e leithid sin a thiodhlacan

64 Amannan

eireachdail a bheireadh e seachad." Shìn e mach a làmh.

Sheall Mórag air a bhois fhosgailte, 's rinn i snodhadh gàire. " 'S cinnteach a sealbh nach eil thu creidsinn gur e rud a th'ann as urrainn dhomh a shìneadh dhuit mar gum biodh pìos arain. Eisd rium mionaid no dhà. Coinnich mi aig Cnoc an t-Sìthein seachdain o nochd, nuair a bhios a' ghealach làn 's aig àirde reothairt, is bheir mise dhuit an dearbh ghibht a tha agam fhèin."

Gun fhacal eile dh'éirich i air a corra-biod 's chàirich i pòg bhlàth làn-bhileach air a bhial, thionndaidh i air a sàil is rinn i air an rathad sìos gu tigh a h-athar, a' fàgail Dhòmhnaill 'na sheasamh am meadhon an rathaid mar fhear a bhuail an dealanach. Bha e taingeil gu robh i dorcha, ach a dh'aindeoin sin thug e sùil aithghearr mun cuairt. Cha robh duine ri fhaicinn no ri chluinntin; bha buill eile a' chlas dhachaidh o chionn fhada, is airson a' chiad uair mhothaich Dòmhnall gu robh e fhéin is Mórag 'nan seasamh 'san aon làrach cha mhór fhad 's a bha an còmhradh a' dol.

'Se seachdain fhada mhì-shaoirsneil a bh'ann do Dhòmhnall. Uairean chuireadh e roimhe nach deidheadh e na b'fhaide leis an amaideas seo; uairean bhuaileadh rud beag dhe'n eagal e – carson, cha b'urrainn e ràdha; is aig deireadh gach còmh-stri a bh'aige ris fhéin, bhòidicheadh e nach cuireadh Mórag, no Mórag eile a chunnaic e riamh, gu dearbhadh e nach b'urrainn e sheasamh. Nach ann aice bhiodh an aobhar-ghàire airson iomadh latha nan cumadh an t-eagal e gun tionndadh suas aig Cnoc an t-Sìthein?

Gu fortanach, bha àirde làin ann mu naoi uairean – rinn e sin cinnteach. An aon eagal mór a bh'air, 'se gur ann aig meadhon-oidhche no aig uairean mì-nàdurra am marbhan na h-oidhche bhiodh an làn aig àirde, is gu rachadh fhaighneachd dha càit an robh e dol aig a leithid a dh'àm. Ach cha deach ceist a chur air nuair a dh'fhàg e'n tigh mu leth-uair an déidh a h-ochd, àm colach falbh a mach airson uair no dhà céilidh.

Bha Mórag ga fheitheamh aig Cnoc an t-Sìthein, còrr is mìle gu leth an Ear air a' bhaile is mu cheud slat os cionn na tràghad – àite lom fàs nach robh móran dhaoine tathaich aon uair 's gun ciaradh an tràth. Cha robh rud ris an canar gu nàdurra eagal ann an gnàths Dhòmhnaill, ach dh'fheumadh e aideachadh an oidhch' ud gu robh e toilichte Mórag fhaicinn. Thàinig briosgadh 'na cheum nuair a chunnaic e i ann an solus na gealaich.

Colach ri iomadh òganach, leugh Dòmhnall móran mu obair buidseachd is cleasan na Sgoile Duibhe, is cha mhór nach robh e cinnteach nach robh Mórag ach a' cleachdadh a' ghuim seo airson a collaidheachd fhéin a shàsachadh; gu tric bha na leabhraichean a leugh e a' dèanamh a mach nach robh sàs anns an obair seo ach feadhainn a bha deònach an sannt is an ana-miannan fhéin a leigeil mu sgaoil. Mar sin, bha e làn deiseil airson clìcean sam bith a dh'fhaodadh Mórag fheuchainn air.

"Tha thu tràth; chan eil e buileach muir-làn fhathast, ach chan eil sin gu dragh. Bha mi cinnteach gun tigeadh tu." Bha a guth socair ciùin, gun bhruaillean gun bhoil, is nuair a thàinig e faisg oirre cha do rinn i fiù oidhirp beantainn ris. Chitheadh e a sùilean ann an solus na gealaich is cha robh iad idir a' lasadh le spiorad olc no neo-gheamhnaidh; ma bha dad idir a' snàmh annta a dhèanadh e mach, 'se blàths is ciùineas gràidh nach buineadh ann an dòigh sam bith dha'n t-saoghal dhorcha 's a bheil buidseachd is draoidheachd a' còmhnaidh. 'Sann 'na ghuth-san a bha a' chrith.

"Ceart gu leòr, thàinig mi. Dé nis?"

Thàinig i air a bhialaibh cho dlùth 's gu robh a h-uchd a' suathadh ri bhroilleach, 's sheall i direach 'na shùilean. Sheas e dìreach, ragaichte, mionnaichte nach robh geas no cleas aig an Fhear Mhór a bheireadh air dad a dhèanamh ach na thogradh e le shaor thoil fhéin. Ach cha leigidh e leas. Ma bha e 'n dùil gu robh Mórag a' feuchainn ri thàladh gu sìneadh leatha fo fhasgadh a' chnuic bha e air a mhór mhealladh.

"Ma ghabhas tu bhuam-sa Pòg na Pìobaireachd, gheibh thu a' ghibht; mura gabh, na biodh an còrr mu dheidhinn. Tha i fàs anmoch is feumaidh sinn dèanamh air an tigh a dh'aithghearr." Bha a guth car beag sgìth, is

66 *Amannan*

chuir e iongnadh air mar a bha e fàs duilich air a son –
mar gu fairicheadh e mu phàisde beag air an do rinn e
rudeigin ceàrr.

"Thoir dhomh a' phòg, a Mhórag, gibht
pìobaireachd 'na cois no chaochladh." Shìn e
ghàirdeanan thuice, ach chuir i stad air.

"Chan ann mar sin idir. Cuir do mheuran ri mo
mheuran-sa, làmh dheas is làmh chlì, meur ri meur." Rinn
e sin, is a nis bha làmhan bois ri bois, meur ri meur,
eadar an dà uchd, ann an aon dòigh gan ceangal ri chéile,
ann an dòigh eile a' cur dealachadh eatorra.

"Cuir a nis do theanga 'na mo bhial, is do bhilean ri
mo bhilean-sa." Thòisich teagamh a' liùgadh a steach air
cùl inntinn a rithist, ach rinn e mar a dh'iarr i. Bha a
bilean làn, blàth, mìn is anail a beòil cho cùbhraidh ri
oiteag de ghaoth samhraidh thairis air cluain fhlùran; fo
a làimh dheis bha e faireachadh a cridhe a' bualadh le
buille réidh chòmhnard; bha a sùilean cho dlùth dha
shùilean fhéin, mar chuan domhain anns nach robh
gluasad ach sumainn shocair a gaoil aig àirde a' mhùir-
làin.

Sheas iad mar sin gun charachadh gun ghuth airson –
O, cha b'urrainn e ràdha, an déidh làimhe, dé cho fada's
a bha iad mar siud gun ghluasad. Dithis air an tàthadh
'nan aon le cumhachd do nach aithne tìm, latha no
oidhche, aois no òige. Mu dheireadh tharraing Mórag air
ais is rinn i osna beag. Rinn Dòmhnall son a ghàirdeanan
a chur mun cuairt oirre ach chrath i ceann. Bha i cho
colach ri nìghneig bhig a' cur feum air comhfhurtachd,
bàidh, altrum.

"An e sin uile e?" Bha ghuth rudeigin neònach
eadhon 'na chluasan fhéin.

Ghnog i ceann. "Sin uile e. Tha a' ghibht agad a nis a
cheart cho cinnteach 's a tha i agam-sa. Tiugainn, tha'n
t-àm againn a dhol dhachaidh."

Chuir i làmh 'na achlais mar a rinn i an oidhch' ud a'
tighinn o'n chlas, is le chéile ghabh iad an ceum os cionn
na tràghad air ais dha'n bhaile. Cha robh còmhradh mór
eatorra ach bha faireachadh aig Dòmhnall nach robh

feum air. Airson a' chiad uair 'na bheatha thuig e dé bh'ann an ceòl, fonn, co-sheirm, co-chòrdadh spioraid. Chunnaic e le sùil na h-inntinn na rudan a bha dh'easbhaidh air a chluiche fhéin is a bha cho fialaidh aig Móraig. Thuig e nach e ealan nam meuran no eagnaidheachd na cuimhne a bha dèanamh pìobaire – no fear-ciùil air inneal sam bith eile – ach spiorad a bh'aig fois, a bha air a bheò-ghlacadh le cumhachdan mór na cruinne: gaol, earbsa anns na rudan a bha àlainn, ceart, cothromach; maise nàduir agus fonn binn, gidheadh sàmhach, a' chruthachaidh. Thug e fàsgadh beag air gàirdean Móraig, is thug ise fàsgadh air, is ged nach deach facal a labhairt bha fhios aige gun do thuig i dé bha e 'g ràdha 's gun do fhreagair i ann an cànan a tha ro àrd, iongantach airson briathran truagha dhaoine.

'San dealachadh, leig i leis a glacadh thuige gu teann airson tiota, tharraing i nuas a bhial air a bilean blàth fhéin; is mar a rinn i a' chiad turus a thug i riamh pòg dha, thionndaidh i air falbh gun dàil.

Cha robh teagamh aige fhèin no aig duine eile 'sa chùis: bha e sìor dhol am feabhas aig a' phìobaireachd. 'S mar a b'fheàrr a bha esan a fàs 'sann bu lugha ùidh a bh'aig Móraig 'sa chluich. Ged a bha inntinn fhosgailte aige mu "Phòg na Pìobaireachd", bha uairean ann is cha mhór nach toireadh e chreidsinn air fhèin gu robh rudeigin ann – gun do thachair nì àraidh air choireigin an oidhche ud a bhuilich air tàlant nach robh aige roimhe sin. An robh gibht ann gun teagamh? An do chaill Mórag i ri linn a toirt dha-san?

Chanadh an òigridh eile a bha frithealadh a' chlas còmhla riutha, "Chan eil i feuchainn idir. Tha gaol aice air Dòmhnall 's chan eil a nis fainear dhi ach esan a bhith air thoiseach 'sa h-uile rud."

Saoil an robh'n fhìrinn aca? Bha fhios aig Dòmhnall glé mhath gu robh gaol aig Móraig air, 's bha e cheart cho cinnteach sin nach robh 's nach bitheadh téile ann gu bràth ach ise dha-san. Ach an robh i leigeil leis am barradh a thoirt oirre air sgàth sin? Air neo an do chaill i an comas a bh'aice an toiseach? Mhothaich am fear-

68 Amannan

teagaisg aca gu math aithghearr mar a bha cùisean, ach 'se an co-dhùnadh aige-san – agus có b'fheàrr fhios? – gu robh Mórag air a h-ùidh a chall 'sa cheòl. Faodaidh gu robh ceòl a b'fheàrr 'na cridhe. Air an làimh eile, cha b'urrainn duine dhol as àicheadh gu robh a' chluich aig Dòmhnall a' tighinn air adhart ann an dòigh anabarrach. An coimeas ri càch air a' chlas, bha e ann an inbhe leis fhéin mar phìobaire.

Is a h-uile h-oidhche clas thigeadh an dithis aca nuas an rathad le chéile, an gàirdeanan toinnte an achlais a chéile, coma có chitheadh no chluinneadh iad, a' conaltradh mar na h-uiseagan. Nuair a chanadh duine 'n drasda 's a rithist rithe, "Tha e air d'fhàgail as a dhéidh, a Mhórag," chrathadh i ceann, shiabadh i gruag is lasadh an gàire 'na sùilean mar gum biodh i fhéin air am moladh is an t-urram fhaighinn. Rud eile, ged nach dealaicheadh aighear is mire am feasd ri a nàdur, bha a subhachas is a gean air fàs cho stòlda, ceanalta 's gun do chuir a h-uile duine do 'm b'aithne i umhail oirre. An àite na facail *sgeamp* is *gille-caoich*, 'se *ciatach* is *laghach* a chleachdaiste bruidheann oirre.

"Dé'n càirdeas a th'aig Móraig dhuinne, athair?"

Thàinig a' cheist caran gun fhiosda air Uisdean. Thug e sùil air Dòmhnall. "Uill, 'ille, chan eil mi idir cho cinnteach, ach tha càirdeas ann. Carson?"

Ma bha Dòmhnall rud idir, bha e onarach. Cha robh aige mu'n mhealltaireachd ann an suidheachadh no an cruth de sheòrsa sam bith. "Tha seo. Nuair a bhios mise aois tha mi dol a phòsadh Mórag – sin mur eil dad a thaobh càirdeis a chuireadh stad orm."

Rinn athair gàire. "Tha sin soilleir dha'n bhaile o chionn treis, tha mi smaoineachadh. Airson a' chàirdeis, chan eil mi 'n dùil gun cuir sin bacadh oirbh; mas math mo bharail bha m'athair agus seanair Móraig anns na h-oghaichean, is mur eil sin fada mach chan eil fhios agam-sa.

Duine cothromach a bh'ann an Uisdean, is cha robh e air dheireadh idir ann am mothachadh dha'n atharrachadh a thàinig air Móraig. Cha robh nàire sam

Pìobaireachd Dhòmhnaill Dhuibh 69

bith air a nis a ràdha air féill no banais, "Ban-phìobaire cho math 's a tha 'san dùthaich – buinidh i dhuinn fhèin."

Is a' bruidhinn air pìobaireachd: theann Dòmhnall air frithealadh nan cruinneachaidhean móra far am biodh na pìobairean ainmeil a' co-fharpais. Ghabhadh a shùil 's a chluas a steach gach ealan is grinneas a bha co-cheangailte ri cluich nam fear móra: an dòigh 's an cuireadh iad suas a' phìob, 's an giùlaineadh iad i air an gualainn, mar a ghleusadh 's a spreigeadh iad i, mar a dhannsadh na meuran air an fheadan 's iad a' cumadh 's a' toinneamh a' chiùil mar phàirt de spiorad beò fhéin.

Is an sin thàinig an latha nuair a dh'fheuch e fhéin son a' chiad uair. Chan e aon de na co-fharpaisean móra bh'ann, ach bha deannan laghach de dheagh phìobairean an sàs, gach fear a' toirt na bh'aige mar a b'fheàrr a b'urrainn e. Mar a chuir Dòmhnall a' phìob-shéididh gu bhial, shaoil leis gu robh pòg Móraig fhathast blàth air a bhilean, a' phòg a thug i dha mun d'fhàg e an tigh. 'Se "Ni thu chùis gun dragh, a ghràidh" am facal dealachaidh a bh'aice, is cha robh teagamh no cion earbsa dlùth dha nuair a sheas e suas air bialaibh nam breitheamhan.

'S carson a bhitheadh, smaoinich e, is gibht a leannan-shìthe aige. Chluich e gu cinnteach socair, an ceòl gu nàdurra leantainn togradh a spioraid, a' dìreadh is a' cromadh is a' sìneadh le saorsa ceòl na gaoithe thar nan coilltean 's nan cruachan, no nar sheirm àrd làidir nan stuaghan air cladach a' chuain. Fhuair e a' chiad duais – fada, fada air thoiseach air càch – ach chan e sin buileach a chrùn an latha dha ach an rud a thuirt aon de na breitheamhan.

"A nis, tha piobaire an seo againn cho gealltanach 's a thàinig mise thairis air o thòisich mi frithealadh gheamaichean o chionn dà fhichead bliadhna. Tha a' ghibht aige gu nàdurra, is ma leanas e air cumaidh e ceann a' mhaide ris an fheadhainn as fheàrr 'san dùthaich. 'Sann ainneamh a chuala mi an ceòl seo air a chluich, air eadar-theangachadh, air a mhìneachadh,

70 *Amannan*

mar a rinn an gille òg seo an diugh."

Cha robh sin ach toiseach a' chùrsa. O na geamaichean beaga 's co-fharpaisean ionadail rinn e a rathad chun an fheadhainn mhóra, 's bha an aon bhuaidh ga leantainn is gach duais agus buaidh a' toirt solus ùr dealrach dha na sùilean aig an té a bha ga bhrosnachadh. Mar a chaidh an ùine seachad, chaidh ainm is a chliù fada 's farsaing; bha féill mhór air aig gach cuirm is cruinneachadh far an robh meas air ceòl na pìoba. Ach ged a fhuair e iomadh urram is duais, iomadh cuireadh is fiathachadh, o cheann a Tuath Alba gu ceann a Deas Shasuinn, cha robh àite-fuirich eile ann dha'n tug e spéis ach am baile beag 's an deach a bhreith is àrach. Dh'fhaodadh e obair is cosnadh gu math na bu bhuannachdaile bhith aige, ach a réir cholais bha e sona gu leòr le àite mar fhear-cunntais ann am banca beag a' bhaile – cosnadh a thairgeadh dha cho luath 's a dh'fhàg e sgoil. Mar a bha an gille 'san òran toilichte le cuideachd a leannain 's le àrach nan aighean ann an Srath Aoidhre, bha Dòmhnall tuilleadh is sona le co-chomunn a leannain fhéin, le ceòl na pìoba, is le sìth agus sàmhchair Inbhir Alainn. Chluichiste clàir de'n cheòl aige 's gach àite 's am biodh Gaidheil is Albannaich cruinn eadar Sìna agus Ameireaga, ach bha'm pìobaire òg fhéin làn shàsaichte le chor 's le inbhe aig an tigh; cha robh togradh sam bith air a dhol a shiubhal an t-saoghail ged a dh'fhosgail a thàlantan iomadh dorus is cothrom dha sin a dhèanamh.

Mun robh Dòmhnall fichead bliadhna cha toireadh e nuas ite do phìobaire 'san dùthaich, is dh'aidicheadh an fheadhainn a b'fheàrr dhiubh nach robh cho-ìmpire ann. Aig an aon àm, cha deach dad a rinn no fhuair e gu cheann; bha e fhathast a' dol chun a' chlas pìobaireachd, is shuidheadh e fo'n mhaighstir-ciùil aca cho umhail, iriosal ri duine de chàch. An déidh a' chlas thigeadh e fhéin is Mórag a nuas an rathad gualainn ri gualainn mar a rinn iad o chionn suas ri trì bliadhna nis.

An latha bha e fichead bliadhna chuir e a' cheist rithe, is fhreagair i e cho nàdurra 's ged a bha e air

Pìobaireachd Dhòmhnaill Dhuibh 71

fhaighneachd dhi an robh i dol dha'n chlas an ath-
oidhch. "Pòsaidh. Nach eil fhios gum pòs. Ainmich thusa
latha."

Cha robh air ach sin. Phòs iad 'san eaglais bhig air a'
chnoc, is ma mhothaich Uisdean no duine dhe na
bodaich gu robh flùran air bòrd a' chomanachaidh cha
do leig duine dad air. Thug Dòmhnall a bhean òg
dhachaidh dha'n tigh ùr a thog iad, leitheach eadar tigh
athar-san agus an tigh aig athair Móraig. Cha robh an
tigh mór – trì rumannan agus clòsaid – ach 'se an cuid
fhéin a bh'ann is bha iad cho leòmach is ged a bu tigh
a' bhàillidh a bh'ann.

Bha na càirdean is na coimhearsnaich air falbh; bha
na tiodhlacan 'nan dùin air feadh an t-seòmair – air an
dreasair, air a' bhòrd, air na séithrichean, air an ùrlar.
Bha Dòmhnall is Mórag 'nan suidhe ri taobh a chéile air
an t-sòbha, a' coimhead rud beag sgìth an déidh ùpraid a
latha. Thug i sùil air na gnothaichean a bha sgaoilte thall
's a bhos: "Tha mi smaoineachadh gu fàg sinn gu
madainn iad. Dé mu dhol dha'n leabaidh?"

"Glé mhath, eudail," ars esan, "ach trobhad a
Mhórag, tha aon cheist nach do fhreagair thu dhomh
fhathast ged a dh'fhaighneachd mi i mìle uair. An robh
dad dhe'n fhìrinn 's na thuirt thu rium mu 'Phòg na
Pìobaireachd?' Cuimhnich, tha sinn a nis 'nar fear is bean –
chan fheum dad a bhith falachaidh!"

Rinn i gàire, is chuir i a làmhan mu amhaich 's a
ceann air a ghualainn: "O amadain bhochd, tha fhios aig
sealbh nach tug thu géill sam bith dha'n fhaoineis sin.
D'eil' ach mise smaoineachadh gur duine làn gliocais a
fhuair mi." Shiab i a gruag 'na shùilean, cleas beag a
bh'aice nuair a bhiodh i làn aighir.

"Agus carson air an talamh mhór a thug thu mi gu
Cnoc an t-Sìthein an oidhch' ud – a dh'innse na fìrinn, a
luaidh, bha dùil agam-sa gur e rud eile bha fainear
dhuit."

"O Dhòmhnaill, nach ann agad a bha bheachd orm.
Ach éisd rium. Bha'n tàlant agad gu nàdurra ach cha
toireadh tu feasd cothrom dha. Bha mi deimhinn nach

72 *Amannan*

fuasgladh e ach aon rud – gaol boireannaich. Bha mi ceart."

"Tha mi tuigsinn. Bha thu ceart gun teagamh." Chuir e làmh mun cuairt oirre 's tharraing e thuige a leannan-sìthe.

Choisinn an sgialachd seo an dara duais anns a' cho-fharpais còmhla ri dhà eile anns an leabhar seo.

Dómhnull Iain MacIomhair
Litir Dhonnchaidh

Tha mi a' sgrìobhadh bho Thom a' Chuthaich. A shaoghail, tha mi a' sgrìobhadh bho Thom a' Chuthaich.

Fhuair mi do chuireadh, agus thuig mi nach eil aois cuirp co-ionnan ri aois inntinne. Ghabh mi ris a' chuireadh, agus thàinig mi. Agus mus do ghéill aon latha do aon oidhche, bha mi bliadhna a dh'aois. 'S mus do ghéill dà latha do dhà oidhche, bha mi dà bhliadhna a dh'aois.

Agus choisich mi air do raointean, agus threabh mi do chlaisean. Agus bha mi ceud bliadhna a dh'aois.

An diugh, a nis, is mi air fàs ro aosmhor, mo chasan a' lagachadh le eallach do mhìoruin, a shaoghail, an diugh tha sinn a' dol a dhealachadh. Air mo bhialaibh tha sgàthan, sgàthan mar phrosbaig 's i dùinte; air mo chùlaibh tha sgàthan eile, sgàthan anns a bheil dealbh de leabhar mo bheatha. Sin agad e, a shaoghail, agus an diugh tha sinn a' dol a dhealachadh.

Chì mi abhainn a' sruthadh troimh fhàsach agus prìosanach le glas-làimhe, glaiste, dùinte, a' feuchainn ri cupan de uisge a tharraing aisde. Prìosanach air allaban ann an dìomhaireachd biothbhuantachd, biothbhuantachd nach eil, agus nach robh, ann, oir an diugh, a shaoghail, tha sinn a' dol a dhealachadh. Tha an abhainn a' sruthadh a mach a nèamh, agus tha i a' sruthadh a steach a dh'ifrinn, salach, goileach, luaisgeanach. Agus ifrinn agus nèamh a' goil, mar choire dubh air stòbha dhubh mo bheatha. Agus mise a' gabhail iongantais anns a' ghoil. Agus mise mì-chomhfhurtail anns a' ghoil.

Is iomadh linne a tha anns an abhainn, gach linne mar bhliadhna no mar sheachdain, 's gach linne a' fàs

74 *Amannan*

nas doimhne agus nas doimhne. Agus an t-iasg a'
bàsachadh ...

Anns an toiseach bha an duine, agus chruthaich an
duine Dia agus craobh, agus chuir an duine meas air a'
chraoibh, agus chuir an duine nathair aig bonn na
craoibhe. Dh'ith an nathair am meas, agus thuirt an
duine ris an nathair gu robh fearg air an dia a chruthaich
e. Sin toiseach mo sgeòil. Sin deireadh mo sgeòil, ged
nach do chuir mi crìoch oirre fhathast. Agus, a shaoghail,
a shaoghail, tha mis' a' dol gad fhàgail an diugh.

Bha iad an òrdugh catha. An t-arm agus an t-arm.
Dubh le fearg dìth sàsachaidh, 's iad a' coimhead troimh
chàch a chéile ri na beanntan. Bha iad a' rùsgadh nan
claidheamhan agus iad a' smaoineachadh air an fhuil
mhilis. Tha mi a' sgrìobhadh. Tha mi as mo chiall. Lìon
iad am broillichean le éigheachd, agus ruith iad. Abair, a
shaoghail, gun ruith iad. Agus bha iad uile marbh. Agus
esan air a rìgh-chathair ... a' gàireachdainn. Seadh, a'
gàireachdainn. Bha e ann an Astràilia, no an Tiombuctù.
A' lachanaich, 's a' lachanaich.

Seall orm, 'nam shuidhe ris an t-seann thobhta 's am
feur a' fàs mu m'aobranan. Seall orm, 'nam sheasamh ri
seann chraoibh agus a geugan gam iadhadh. Seall orm,
'nam laighe ann an ciste, ann an ciste-laighe, ann am
blàths a' bhàis.

Chunnaic mi iad an uair a bha mi anns an sgoil.
Adan móra, dubha orra mar sgòthan air a' ghréin. Aon,
dhà, trì, agus sguir mi de chunntadh. Dèan seo, agus dèan
mar seo e. Tha Glaschu air cùl na gréine, 's cha bu bhriag
bhuap' e.

Uair eile, chaidh mi a chéilidh air na h-ainglean. Ach
bu gheàrr an tathaich. Bha iad ann 'nan ceudan.
Ainglean a' sireadh ainglean. Ainglean a' sireadh
ainglean anns an dubh. Agus bu gheàrr mo thathaich.
Chunnaic mi a' ghrian agus chunnaic mi a' ghealach.
Ach cha robh solus anns a' ghréin agus cha robh solus
anns a' ghealaich. Bha iad mar ainglean a' sireadh
ainglean anns an dubh. Chunnaic mi crann-ceusaidh
anns an dorchadas, agus bha mi crochte ris a' chrann.

Agus cha do shàbhail mi saoghal bho pheacadh.

An raoir thàinig mi dhachaidh air a' bhus. Bha dusan eile air a' bhus, 's an deoch orra. Agus bha an deoch air a' bhus. Bha fear an sin a' seinn, a' seinn òrain gun cheòl agus thuig mi nach robh brìgh anns an òran. Thuig mi nach b'e òran nuadh a bha ann, nach robh saoghal nuadh air fàire. Thuig mi gu robh aois agus òige cho sean ri na beanntan, gu robh teachdaireachd an òrain anns a' bhàs, gu robh eagal air gach neach a bha anns a' bhus. Agus dé a dhèanainn ach rann ùr a chur ris a' bhreislich?

A shaoghail, tha mise, agus tusa, a' dol a dhealachadh an diugh. Tha mo smuaintean searbh. Agus tha mìlseachd ann an sìth. Chì mi bogha-frois anns na nèamhan, gorm agus uaine agus eile a' call an dath. Chì mi teine anns na sgòthan, 's na lasraichean ag imleach cagailt na beatha. Cluinnidh mi trumpaid, mar chlàrsaich, a' séideadh. Chì mi bàrdachd fillte anns na neòil. Chì mi each mall nach ruig muilinn.

Nach eil an t-àm air a thighinn, àm airson smaoineachadh, àm airson ghnìomhan. Gealtaire no gaisgeach. Chan eil difir. Chan eil anns a' ghealtaire ach an neach a shiùbhlas troimh aineolas le féin-fhiosrachadh. Chan eil anns a' ghaisgeach ach an neach a shiùbhlas troimh aineolas le moladh chàich 's iad cho aineolach ris fhéin. Agus chunnaic mi an gealtaire agus an gaisgeach taobh ri taobh anns a' cheò shoilleir ann am meadhon fàsaich. Dé is fheàrr, a bhith air chall ann an cuantan na beatha, farsaing, soilleir, na bhith air chall ann an ceò na beatha, farsaing, soilleir? Ciod is fheàrr, sgadan no trosg? Ciod is fheàrr, ciall no gòraich? Ciod is miosa, pian no goirteas?

Pian no goirteas? Càit a bheil iuchraichean mo gheimhlean? Carson a tha an sgàthan briagach? Chan fhaic neach gun shùilean na nithean sin a tha falaichte air a' chinne-daonna. Chan fhaic neach gun shùilean an nì sin a tha air cùl a' chuain. Lean mi lorg do cheumannan mar a dh'iarr thu agus stad mi an uair a ràinig mi gàrradh cloiche. Pian no goirteas? Có a dh'fhuilingeas pian an uair a gheibh e goirteas? Có a dh'fhuilingeas

76 *Amannan*

goirteas an uair a gheibh e pian? Có ach gaisgeach? Có ach gealtaire?

An uair a dh'fhosglas mi an leabhar, chì mi an sin gach nì snaidhte air cloich-chuimhne mo smuaintean. Oige agus aois. Bròn agus toileachas. Toileachas? Carson a tha mi a' cleachdadh fhacal nach aithne dhomh? Carson a tha mi a' cogadh? Carson a tha mi a' strì? Gheàrr thu na briathran le do sgithinn, gun cho-fhaireachdainn, gun thruas. Agus a nise, feumaidh mi beachdachadh air do bhriathran. Air do shoisgeul agus air do thuairisgeul. Tha mac-talla mo thuigse gan leughadh dhomh, oir cha do dh'ionnsaich mise leughadh a riamh. Cha do dh'ionnsaich mise ach aithne air briathran chàich. Aithne air soisgeul chàich.

Gunna no claidheamh? Tha fios agad gu bheil an claidheamh geur agus gu bheil an gunna cinnteach. Gu bheil an gunna geur agus gu bheil an claidheamh cinnteach.

Ach bha uair nach robh mi cinnteach. Dh'éirich mi agus dh'ith mi agus chaidil mi. Agus dh'éirich mi a rithist. 'S an uair a dh'éireas mi a rithist, am bi mo lotan air mo chorp ùr? An abair iad rium le féin-ghliocas agus le toileachas (carson nach mìnich thu am facal sin dhomh?) gur math an airidh. Dé a riamh a rinn iad dhomh ach mo dhìteadh? Am bi mo lotan follaiseach? Agus, ged a bhitheadh, am bi neach ann a chì iad? Their iad rium gur còir dhomh ùrnuigh a dhèanamh ach am bi mi cho féineil riutha fhéin. Their iad rium gur còir dhomh biadh ithe ach am bi mi cho tapaidh riutha fhéin. Their iad rium gur còir dhomh deoch òl ach am bi mi mar iad fhéin ann am misge. Their iad rium gur còir dhomh cadal ach am bi mo shùilean cho dùinte ri an sùilean féin. Agus tha, tha mi a' dol a chadal. Tha mi a' dol a chadal.

Ach, dé mu dhùsgadh? Dé mu dhùsgadh? Bha mi a' coimhead fear a' dèanamh chiste-laighe – agus bha esan 'na dhùisg. Chuir e ceanglaichean faileasach an éig oirre, agus bha e 'na dhùisg. Chunnaic mi fear eile a' mort. Agus bha esan 'na dhùisg cuideachd. Chuala mi corruich na tàirneanaich, agus bha mise 'nam dhùisg. Bha mi a' bruidhinn ri mo shinnsireachd agus bha iadsan 'nan cadal. Bha còrr uasal a' chladaich 'na seasamh anns a' chladach. Thàinig e faisg oirre gu socair, neo-chiontach. Gu socair, neo-chiontach a' mire 'na dhùthaich bhig fhéin. Agus shàth a' chòrr a mach a claidheamh. Agus mharbh i e. Mharbh i e anns a' chluiche. Agus thuirt i rithe fhéin gu robh i ceart. Chuala mi i mar chorruich tàirneanaich, agus bha i 'na dùisg.

Chan eil anns a' bheannachd a leigeas mi ach comharradh, comharradh air deireadh slighe, air deireadh lòin. Dh'fhalbh an t-acras agus am padhadh. Thàinig cìocras agus ìota. Agus an uair a tha an saoghal ga tholladh leis an acras, is slugan saoghail tioram leis a' phadhadh, tha an saoghal a' bàsachadh. Is mise an saoghal, 's a shaoghail, nuair tha mi a' dol gad fhàgail tha mi a' dol gam fhàgail fhìn. Chi mi do dhurragan a' cnàmh mo chnàmhan anns an dorchadas, mar bhoin, toilichte (ciamar?) le lòn a feasgair.

Agus dé tuilleadh a tha ri ràdh? Dé tuilleadh a tha ri ràdh ach gu bheil an gleoca a' diogadh? Tha an t-àm a' dlùthachadh. Tha an dealachadh a' dlùthachadh. Agus dé tuilleadh a tha ri ràdh?

Tha an claidheamh deiseil, agus tha an gunna deiseil. Tha sìth air an talamh. Tha a' ghaoth air a dhol 'na h-oiteig 's an oiteag air a dhol 'na neoni. Tha sàmhchair air an fhairge 's tha ainmhidhean an t-sléibhe 'nan tosd. Chan eil fearg ri a faicinn 'nam chridhe no 'nam shùil. Dà shaoghal nach robh a' tighinn air a chéile. 'S tha an gleoca a' diogadh. A' diogadh 's a' diogadh. Siùbhlaidh mi mar a shiubhail mi roimhe, ach mi bhith a' falbh an àit a bhith a' tighinn.

A bheil thu ag éisdeachd? A bheil thu a' cluinntinn? Cha do dh'éisd thu roimhe. Cha chuala tu roimhe. Dh'éirich thu a neoni aig toiseach tìme, agus dh'éirich mise maille riut. Tha an gleoca a' diogadh. Tha an gleoca gus bualadh.

Suas, suas, gu h-àrd bhàrr na talmhainn dh'éirich a' cheò, a' falach mo léiridh, a' falach na gréine. Agus

78 Amannan

thàinig an guth, an t-ùghdarras, agus thug e leis ar treòir. Agus a nis, tha an guth ag éigheachd a rithist, ag éigheachd mar dhìth céille ri dìth céille.

Anns an toiseach bha an duine, agus cha do chruthaich an duine dia no craobh, agus cha robh meas air a' chraoibh nach do chruthaich e. Dh'éisd e ri searmon anns an fhàsach, a measg na falamhachd. Agus bha fearg air an duine, gun nathair, gun ubhal, gun dhuilleach craoibhe. Thàinig an cogadh ... agus dh'fhalbh an cogadh.

Agus a nis, siud an gleoca a' tòiseachadh a' bualadh ...
Le meas ...
Aon, dhà, trì, ceithir ...
Le gamhlas ...
Cóig, sia, seachd ...
Donnchadh.

Pòl Mac a' Bhreatunnaich
An Gleann Dorcha

Tha deannan bhliadhna ann a nis o chaidh Loch an Dùin faisg air ceann a Tuath Eilean Bharraidh a dhamadh suas airson uisge an eilein a ghleidheadh; ach air sin a dhèanamh chaidh eachdraidh na crannaig a bha air a' chnap bheag de dh'eilean taobh an Ear an locha a thiodhlaiceadh, math dh'fhaodte gu bràth. Ach math dh'fhaodte gum b'e sin miann a b'fheàrr leis a' chuideachd dhaoine a rinn an dachaidh air na creagan sin o chionn linntean fada seachad, agus mu dheidhinn an aithne dhuinn cho fior bheag. Tha fios gur iomadh eachdraidh air cruadal agus toileachas an aimsir a bhiodh ri innse nan robh an cothrom againn an cluinntinn.

A nis, ged nach do labhair mi fhéin facal air an tachartas seo riamh thuige seo, 'se mo bheachd gum bu chòir dhuinn cuimhne àiteachan mar na crannagan ud a theasraigeadh airson eòlas eachdraidh nan Eilean.

Bha mi samhradh ann am Barraidh a' coimhead air mo chàirdean, agus bha an t-sìde cho anabarrach blàth is gu robh na bodaich ag ràdh gum b'e fior shìde mònadh a bh'ann nam biodh duine ann a ghearradh i. Is e sin a thug orm cuairt a ghabhail suas dha'n Ghleann Dorcha, aig ceann Loch an Dùin, far am b'àbhaist puill mhònadh a bhith aig m'athair nuair a bha mi 'nam bhalachan, ach am feuchainn ri fàd no dhà a ghearradh.

Cha robh treisgeir ri faotainn, ach co-dhiù airson na h-obrach a bha 'nam bheachd-sa dhèanadh spaid fhéin an gnothach ro mhath.

Fhuair mi na puill a bhiodh m'athair ag obrachadh furasda gu leòr, agus gun dàil thòisich mi air barradh na mòintich air blàr beag gorm a bha coimhead na b'fhasa obrachadh na na seann phuill. Bha iomadh latha o nach

80 Amannan

tug mi làmh air obair cho searbh, ach o'n rinn mi tòiseachadh bha mi deònach beagan oidhirp a dhèanamh.

A null toiseach an fheasgair bha mi a' tilgeadh nam fàdan mònadh air a' bhruaich mar gu robh mi aig an obair fad mo làithean; agus ged a bha mi sgìth, bha mi fuathasach toilichte annam fhéin. Cha do shaoil mi nì de na seann chnàmhan a thàinig leis an ath fhàd a ghearr mi − a' smaointinn gum b'e bh'ann caora no beathach eile a thuit ann am poll uaireigin. Bha mi a' cromadh sìos a' dol a ghearradh an ath fhòid nuair a thug mi faire air fireannach mór calma 'na sheasamh ri taobh a' phuill.

Chuir e iongantas mór orm nach do mhothaich mi dha a' tighinn faisg, ach chreid mi gu robh mi cho trang nach robh m'inntinn air rud eile ach a' mhòine a bha mi a' gearradh. A dìreachadh mo dhroma, thug mi fàilte air an duine agus dh'iarr mi air mo leisgeul a ghabhail o nach tug mi faire air a thighinn.

Cha do dh'fhosgail e a bhial, ach sheas e le cheann crom. Bha e 'na dhuine mór àrd, le gruag bhàn gu ghualainn − mu dheich bliadhna fichead, theirinn. Bha seòrsa de pheitean air air uachdar léine gharbh neo-eireachdail, agus briogais a bha mar gu robh i air a dèanamh le seiche beathaich air choireigin. Bha cuarain chraicinn air a chasan nach faca mi an leithid riamh, agus gun teagamh bha a choltas diùbhrasach ri duine air bith a b'aithne dhomh-sa. Mhothaich mi gu robh a ghàirdeanan agus a chom air an droch leòn, agus le dreach a ghruaidhe gu robh e fo chràdh garbh.

"Gu dé a thachair dhuit, a dhuine?" dh'fhaighneachd mi dheth, agus mi feuchainn ri streap as a' pholl; ach bha mi mar gum bithinn air mo thàirgneadh 'san talamh − cha ghluaisinn mo chasan.

Shuidh e sìos air bruaich a' phuill agus, a' togail a chinn, thionndaidh e orm le sùilean geura gorm a bha mar gu robh iad a' coimhead tromham. Mu'n àm seo tha e duilich a chur ann am faclan mar a bha mi a' faireachdainn. Cha b'e eagal a bhuail mi ach iongnadh mór ann an eachdraidh an duine a bha ri m'thaobh.

An Gleann Dorcha 81

"Cha robh mi móran 's deich bliadhna dh'aois," thòisich e ri innse dhomh, "an uair a sheòl na ceithir bìrlinnean againn a steach am bàgh ud shìos. Dh'fhàg sinn ar dùthaich fhéin tarsainn a' chuain mhóir mìosan roimhe sin. Chaill sinn cuid mhór de na bàtaichean eile bha còmhla rinn eadar ceò agus droch shìde, agus bha cuid de theaghlaichean a dh'fhuirich air eileanan eile aig an do sguir sinn air ar rathad gu Deas. B'e ur beachd uile ar dachaidhean a dhèanamh air feadh nan eileanan seo, oir bha cùisean buileach duilich ann an tìr nam beann àrda a dh'fhàg sinn. Cha robh duine no beathach air sealladh nuair a rinn sinn ar laimrig 'sa bhàgh, agus bha coltas an àite cho fior thlachdmhor is gun do rinn ar ceannardan suas an inntinn gum b'e seo ceann-uidhe ar siubhail.

"An ùine bheag thog sinn ar còmhnaidhean le cloich agus pluic air ceann a' bhàigh. Fhuair sinn raointean torrach air taobh Tuath agus an Iar an eilein, agus thàinig am beagan cruidh a bha againn leinn air adhart an ùine glé ghoirid. Mar sin bha bainne agus ìm againn gu ar miann. A mhaille ris a sin bha maorach gun chunntas ri fhaotainn air na tràighean mun cuairt nan cladach. Bha iasg de gach seòrsa furasda a ghlacadh o na creagan mun cuairt nam bàgh. B'e àite sonasach a bh'ann dhuinne an déidh cruas agus fuachd an àite a dh'fhàg sinn.

"O àm gu àm thigeadh eathar le buidheannan choigreach a eileanan eile a steach am bàgh, ach is ann glé ainneamh a bha aimhleas sam bith fainear dhaibh. Mar bu trice b'e iasgairean iad, agus cha bhiodh iad ag iarraidh móran a bharrachd air fasgadh o dhroch shìde no beagan bìdh, a bha sinn ro thoilichte a thoirt dhaibh. Chuireamaid oidhcheannan cridheil seachad ag éisdeachd ri naidheachdan agus eachdraidh air gnothaichean a bha a' tachairt ann an ceàrnan eile. Thigeadh feadhainn eile nach robh cho còrdail, agus is iomadh strì agus sabaid a rinn sinn gan cumail o ruagadh a' chruidh. Nuair nach faigheadh iad an dòighean fhéin an sin dh'fheuchadh iad ris na mnathan agus na

82 Amannan

caileagan a thoirt air falbh. Sin mar a bha cùisean airson bhliadhnaichean, ach mu dheireadh bha e follaiseach dhuinn gum biodh e na bu shàbhailte ar dachaidhean a thogail far nach bitheamaid fo eagal coigrich a thighinn oirnn gun fhios.

"Is e sin a thug oirnn a' chrannag a thogail air an eilean bheag am meadhon an locha dhuibh ud thall. Bha rathad de chnapan creige againn thuige, agus sreath de thighean cloiche air gach taobh de'n chnoc 'sa mheadhon anns an cròdhamaid an crodh nuair a bha coigrich ri'm faicinn a' tighinn faisg air a chladach. Cuid mhath de'n bhliadhna bha sinn ag iasgach agus ag obrachadh na talmhainn. Dh'fhas an òigridh suas agus bu toilichte ar beatha uile air an eilean.

"B'ann air feasgar samhraidh mar seo a bha na fireannaich trang – feadhainn a' togail maoraich air an tràigh mhóir bhàin aig taobh a Tuath an eilein, cuid eile a' gearradh mhònadh mar tha thu fhéin, fad 's a bha na mnathan aig an gnothaichean fhéin 'sa chrannaig – nuair a mhothaicheadh do na siùil a steach am bàgh. B'e buidheann mhór iad, le coltas, agus ann am móran eagail chaidh brath gu gach ceann na fireannaich a thilleadh gu an dachaidhean.

"Bha mise air fear de bhuidheann a bha ag iasgach air taobh an Ear an eilein nuair a chunnaic sinn na bìrlinnean fada a' tionndadh air a' bhàgh, agus gun dàil thug sinn ar casan oirnn tarsainn na beinne sin air do chùlaibh agus a nuas troimh'n ghleann dhorcha seo.

"Aig cho luath 's gu robh ar casan, bha na coigrich na bu luaithe, agus bha an sealladh a bha romhainn air ruighinn bàrr a' ghlinne mallaichte ri fhaicinn, a' toirt deòir gu ar sùilean. Bha gach dachaidh 'sa chrannaig 'na teine, agus chluinneamaid sgiamhan agus rànaich na cloinne, a bha air an sgiùrsadh gun mheas do ghnè no aois le na coigrich mhosach a bha gan spòrs fhéin. Thachair sinn ri cuid de'n òigridh a bha a' teicheadh o'n nàmhaid air a' bhruthach ud thall, agus bu bhochd an naidheachd a bha aca ri innse.

"Air dha na coigrich an cladach a ruighinn gun strì,

An Gleann Dorcha 83

cha robh iad fada a' faighinn an rathaid a dh'ionnsaigh an locha agus na crannaig. Gun fìreannach ri fhaicinn a chuireadh 'nan aghaidh, cha robh iad fada a' faighinn làmh-an-uachdair air na mnathan agus air a' chloinn 'sa chrannaig; agus thoisich an spòltadh. Rùisg iad gach tigh de gach inneal a bha feumail dhaibh – an còrr chuir iad 'nan teine – agus ruaig iad an crodh airson an toirt gu na h-eathraichean 'sa bhàgh. Bha na mnathan agus na caileagan nach deach a mharbhadh cuideachd air an ruaig sìos chun a' bhàigh.

"Thug cuid de na coigrich an aire de'n bhaidean againn cruinn air a' chnoc ud, agus le móran sglamhachd thug iad an aghaidh oirnn. Bha sinne an sin a nis gun chothrom sabaid no sinn fhéin a shàbhaladh ach le ar làmhan agus neart ar gàirdeanan, fad 's a bha iadsan le tuaghan-cogaidh agus iomadh inneal eile. Sheas sinn riutha air bàrr a' bhruthaich agus cha do ghluais sinn gus an robh iad faisg air a' bhràigh. An sin leum sinn 'nam measg. Ged a bha gach nì air taobh an nàmhaid, cha b'ann gun phàigheadh gu daor le beathannan a bhuannaich iad an latha.

"Dh'fhàg iad sinn sìnte an sin, na mairbh agus na bha air an leòn, gus an do dhrùidh am boinne mu dheireadh dhe'm fuil dha'n fhraoch. Thill iad maille ri an companaich a stiùireadh a' chruidh agus nan caileagan nach do leòn iad sios am bealach chun a' bhàigh agus gu na h-eathraichean.

"Thill am beagan de ar daoine a bha astar air falbh roimh dhol fodha na gréine, agus b'eagalach an sealladh a bha a' feitheamh orra. Thiodhlaic iad sinn air a' bhlàr ghorm sin fo d'chois. Is e mo chnàmhan-sa a thionndaidh thu suas an diugh."

Fad 's a bha e a' bruidhinn sheas mise gun smid ag éisdeachd ri sgeul, agus a' smaointinn air an latha fada air ais nuair a thàinig a leithid de bhròn gu na daoine sìtheil toilichte a rinn an dachaidh air crannaig Loch an Dùin, mar a theireas sinn ris an diugh.

Gun bhrosnachadh sam bith, chrom mi sìos agus thill mi na cnàmhan do'n talamh as an tug mi iad agus spaidich mi a' mhòine air an uachdar. Dhìrich mi mo dhruim a rithist agus bha mi dol a dhèanamh còmhradh ris an òganach air a' bhruaich, ach cha robh sealladh dheth. Cho luath 's a thàinig e dh'fhalbh e a follais – ma dh'fhaodte gu Tìr nan Og as an tàinig e còmhla ri ceatharnaich dhe sheòrsa.

Cha ruig mi leas ìnnse gun do chuir sin crìoch air m'oidhirp-sa ri mòine a ghearradh; agus cho fada 's as fiosrach mi, chan eil duine eile a' gearradh mhònadh 'sa Ghleann Dorcha 'sna làithean seo. Ma tha, tha mi an dòchas gu fàg iad am blàran lom gorm ud slàn gu Latha na Cruinne.

Donnchadh MacLabhruinn
Oran Gaoil

Chluinnte na ceuman gliongach aice aig ceann thall an rathaid. Cha robh sgial air anam beò air Byres Road mu'n tac-sa dh'oidhche. Bha an càr fada, dubh le dithis pholasman cadalach 'na bhroinn air siubhal gu slaodach seachad oirre mar a bha. Bha i 'na h-aonar fo na reultan agus nan robh fios air a bhith aig an t-saoghal air an fhìrinn, bha beagan eagail – beag, bideach – air Miss Young 's i a' greasad dhachaidh.

Is mis' as coireach. Is mis' as coireach. Ach cha robh feum aig Mr Brown air dol ro fhada a mach as a rathad. Agus bha 'n oidhche cho tlachdmhor nuair a thàinig sinn a mach as an talla. Tha i a' fàs caran bruthainneach leam a nis. Fairichidh mi beagan falluis fo mo shròin. O, dear, dear.

Bha i na b'òige 'na coltas na a leth-cheud bliadhna – tana, dìreach, falt goirid a' fàs liath agus speuclairean troma air bràigh na sròine aice mar a bu chòir a bhith aig bean-teagaisg anns na bun-sgoiltean. Bha i caran bacach cuideachd, fuigheall de'n bheatha leanabail ann am Maryhill, ged 'sann a Kelvindale a bhiodh i ag ràdh a bha an teaghlach aice. Agus bha i cho sgileil air a bacaiche fhalach 's nach robh ach grunnan dhaoine beò air an t-saoghal aig an robh fios.

Chaidh an cuirm gu math leinn a nochd. Bha deagh fheum aig a' chòisir air na daoine òga ud a thàinig a steach dà mhìos air ais. Tha iad math air seinn agus chan eil a' Ghàidhlig aca cho lapach ris a' Ghàidhlig agam-sa. O, feumaidh mi mo leabhraichean fhosgladh a rithist. Ach an speiligeadh agus is agus is ann *agus is* mise saighdear *agus* bu mhise saighdear. *O, dear, dear.*

Chòisich i seachad air na bùthannan glaiste, solus fann coltach ri coinneal anns a h-uile uinneig. Ghluais seann phoca chips ris a' bhalla. Bha i gu math déidheil air

86 *Amannan*

a' Ghàidhlig ged nach d'fhuair i sgial air boinneag fala
Ghaidhealach anns an teaghlach aice cho cùramach 's
gum biodh i a' rannasachadh anns na leabhraichean
dùmhail, làn dust mu dheidhinn ginealaich nan
Albannach a bh'anns a' Mhitchell. A réir choltais, cha
deach aig a teaghlach air dol na b'fhaide Tuath na Dun-
deagh. Bha e 'na chùis-dragh dhi, seo − cho beag mac-
meanmna 's a bha iad. Bha i air a bhith feuchainn ri
Gàidhlig ionnsachadh o chionn suas ri naoi bliadhna a
nise. Chluich i leatha beagan iomadh bliadhna roimhe
sin, ach 'sann bho chionn naoi bliadhna a thòisich i air
dol gu na clasaichean ann an Aitreabh nan Gaidheal. Ach
mar a b'àbhaist dhi a ràdh anns a' chlas nuair a
dhèanadh i mearachd, "O, dear, dear − chan e cànanan
mo *forte*." Bha i na b'fheàrr na bha dùil aice.

Saoil có bh'anns an fhear aig a' phiano a nochd? 'Se sin an
dara turus a leig Miss Semple sìos sinn. Ach tha i math air cluiche.
Tha mi an dòchas nach do ghabh am fear a thàinig 'na h-àite
corruich nuair a dh'fhalbh mi thairis thuige gus ceartachadh a chur
air. Bha e far a' ghleus, ge-ta, agus bha fios agam gum biodh an
toradh air a bhith sgreataidh nan robh sinn air leantainn oirnn. 'Se
Ged tha mi gun chrodh, gun aighean *a bh'ann. Oran milis.*

Agus thòisich Miss Young air an t-òran a sheinn gu
socair rithe fhéin. Bha i de'n bheachd nach robh an grup
ùr a ghabh òrain phop anns a' Ghàidhlig dona na bu
mhò. Bha i air bualadh nam bas bho thaobh an àrd-
ùrlair cho dian 's a ghabhadh ged nach do ghlac i ach
facal an siud 's an seo, ach bu bhinn am fonn dhi. Rithim
aighearach. Bha fonn eile a' tighinn a mach as an adhar
bhruthainneach an dràsda − fonn tùirseach, buaireasach
nach robh ri aithneachadh fhathast. Bha aon rud soilleir
co-dhiù. Bha smùid mhór air a' ghuth.

Dé air thalamh ... 'N e? O, chan e. Feumaidh gu bheil mo
cheann làn òrain Ghàidhlig a nochd. Bha dùileam. O, 's fheudar
dhomh bhith cur luathas 'nam cheum. O, dear. Dé an dragh? Chan
eil ann ach daoraiche, agus chan eil iad dìreach tearc air an t-sràid
seo feasgar Dhi-haoine. Saoil an e Mr MacEachainn a th'ann?
Chan e. 'Se. 'Se. 'Se òran Gàidhlig a th'ann gu dearbha. Agus tha
guth math aig an duine cuideachd − làidir. Baritone. Dé fonn a nise?

Oran Gaoil 87

Agus chuir i stad air a ceum. 'Se gu dearbh – bha fonn nan eilean a' sruthadh gu spreigearra, spracail a mach a bial clobhsa ghrod faisg air an stéisean fothalamh. Bha an seinneadair air dara sreath na séist de *Tiugainn do Scalpaidh* a ruigsinn agus bha e dìreach a' toirt sìneadh math de *sòòòòlas* nuair a chualas straighlich uamhasach as an duibhre. Bha e air tuiteam.

"Bugger o' hell. O, mo cheann. Bloody dustbin. Mo cheann, mo cheann. O, Thighearna, tha fuil ann. Bugger it. Agus mo dheise ùr. O, bug ..."

Tosd. Bha e 'na shìneadh fuar, feothaich air na seann chlachan. Agus bha e a' gul ris fhéin.

Ciamar a tha sibh? O, dear, an téid mi steach? Duine bochd. Thuit e gu trom air an làr. O, chan eil fhios. Och, na bi cho gòrach, thalla steach. An do chiùrr sibh sibh-fhéin? Hallo. A bheil sibh ceart gu leòr? Ha-llooo?

"Có tha siud? Có air thalamh tha siud? Fàg mi. Chan eil dragh. O, mo cheann."

Chaidh i na b'fhaisge. 'Se duin' òg a bh'ann. Naoi bliadhna thar fhichead, math dh'fhaodte. Duine tapaidh agus aodann sgrothach air, cràic fuilt fhada, dhuibh air a cheann a' dòrtadh thar na guailne aige. Dh'amhairc e suas oirre. Bha a shùilean cho dubh ris an fhalt aige ach dh'aithnicheadh dall gun sùil gur h-e aodann fosgarra a bh'ann 's nach robh cron ann. Thug i faite-gàire d'a ionnsaigh agus thionndaidh e air falbh agus chuir e a mach.

Tha fhios agam dé chanadh mo phiuthar: "Bidh tu ga do mhortadh fhathast – agus sin anns an tigh agad fhéin, thusa agus do choibhneas;" ach 'se duine bochd a th'ann agus cha mhór gum b'urrainn dha coiseachd chun a seo, gun oidhirp a thoirt air mo mhortadh! O, dear, an dèan mi cofaidh dha? O, tha'n teatha deiseil. Ni mi beagan toast dha cuideachd mus fhalbh e. 'Se sgor sgreataidh a fhuair e nuair a thuit e ach is fheàirrde e an ceirean a thug mi dha. Nise, càit a bheil an siùcar?

Chuir i an tì, na cupannan, an truinnsear beag le toast air agus bainne is siùcar air an treidhe agus chaidh i steach do'n rùm. Bha e 'na shìneadh gu comhfhurtail air an t-sofa agus a' srannartaich coltach ri each. Bha e 'na

88 *Amannan*

throm-chadal agus cha robh e ri ghluasad.

Gabhaibh mo leisgeul. Hallo. Nach dùisg sibh? Chan urrainn dhuibh fantainn an seo. A bheil sibh ga mo chluinntinn? Hallo. Tha mi ag ràdh nach urrainn dhuibh ... A bheil sibh ga mo chluinntinn? O, tha e marbh do'n t-saoghal. O, dear, dear.

Chuir i brat thairis air agus chaidh i air a corra-biod a laighe. Cha robh i fada gun éirigh an ath latha. Bha gathan òir a' taomadh a steach troimh'n uinneig 's iad a' cur pàtaran soluis air a gnùis. Choimhead i a steach do'n rùm mhór. Bha e 'na throm-chadal fhathast, aon chas air an ùrlar agus an téile thar gàirdean an t-sofa. Cha robh tòrr staoidhl aige idir. Dh'fhalbh i a dheasachadh na teatha. Bha an toast gu bhith deiseil nuair a chual i casad air a cùlaibh. Chlisg i agus thionndaidh i mun cuairt.

O, tha sibh air éirigh, tha sin math. Ciamar a tha ur ceann an diugh? Nas fheàrr, tha mi an dòchas. Tha mi a' dèanamh beagan bracaist dhuibh. Dèanaibh suidhe an seo.

"Tha Gàidhlig agaibh! Dé muna ...? Có as a tha sibh? 'Se a h-ionnsachadh a rinn sibh? Well, nach eil sin dìreach ... O aidh, tapa leibh son mo chuideachadh. Chan eil mi buileach eòlach air Glaschu. A dh'innse na firinn, 'se seo mo chiad triop anns a' bhaile. Scalpach? O, chan e. 'Se Leódhasach a th'annam, a Nis. Mise? O, an e *Tiugainn do Scalpaidh* a bha mi seinn? 'S caomh leam am fonn, sin an uireas. O, tha, tha an teatha math, math."

Chan eil cabhag orm, ach feumaidh mi mo phiuthar a choinneachadh aig meadhon-latha ann am meadhon a' bhaile, aig a' Ceylon Tea Centre. Seadh. Nach eil càirdean agaibh ann an Glaschu? Nach eil? O, ann an Canada? Cha robh, cha robh mi riamh ann. Tha nighean mo bhràthar ann a Vancouver cuideachd. Ach dé an obair a th'agaibh? Cà'il? O — agus dé seòrsa croit a bh'ann? H-uile rud — O, tha sin ro bhòidheach!

Chuir iad seachad a' mhadainn a' còmhradh mar seo agus chaidh iad a mach le chéile aig leth-uair as déidh meadhon-latha. Smaoinich Miss Young gu coibhneil air a' bhalach air an t-slighe gu Buchanan Street. Bha an trèin fo-thalamh ga crathadh bho thaobh gu taobh mar gum biodh i a' gàireachdainn. Agus bha faite-gàire bheag air bhog air a h-aodann gu dearbh. Chuir i

Oran Gaoil 89

roimhpe an sgial air fad innse d'a piuthar – chuir gus an d'ràinig i dorus a' Ceylon Tea Centre. Chunnaic i a piuthar troimh'n uinneig 's i a' coimhead air an uaireadair aice le mì-fhoighidinn agus sgraing air a malaidh, agus an sgloban aice a' luasgadh a null 's a nall mar a choimhead i mun cuairt oirre air tòir a peathar a bha caran air dheireadh. Dh'inntrig Miss Young do'n tigh-bìdh, an Leódhasach aice air fhalach bho'n t-saoghal le cho beag sgrìd.

Dh'fhàg i tigh a peathar aig deich uairean agus cha b'fhada gus an d'ràinig i Hillhead a rithist. Bha esan 'na shuidhe aig bial a clobhsa. Bha an t-aodann aige air tòcadh leis an deoch.

"Chan eil ait eile anns a' bhaile ghrod seo far am faod mi cadal. Tha mi duilich. 'Se 'n fhirinn a th'agam. Ach tha e cho math bhith bruidhinn ruibh agus ... *Please.*"

O, dear, dear. Uill, thigibh a steach, ach chan eil fhiosam ... Ni mi cupan cocoa. Ni sin feum dhuibh. A bheil sibh ag iarraidh brioscaid? An do dh'ith sibh rudeigin feadh an latha? Ugh? Dé seòrsa rud tha sin airson balach cho mór riut fhéin ... Tha beagan pie agam – agus corra bhuntàta. Feuch gun ith sibh taosg math dhe seo a nis. Ni mi leabaidh dhuibh air an t-sofa. Cha leig sibh a leas. 'N aire mus tuit sibh.

Agus chuidich e leis an leabaidh. Bha e ri fealla-dhà fad na h-ùine agus bu léir dhi nach robh stad air a chòmhradh nuair a bha fios aige gu robh e dol a bhith comhfhurtail. Bhuail blàths a ghàire gu làidir i agus lean iad romhpa a' bruidhinn gus an cual iad clag a' mheadhon-oidhche bho'n eaglais. Ghabh e a làmh 'na làimh. Bha i bog is blàth. Choimhead Miss Young a nìos agus shlìob i a làmh bho a ghreim. Dh'fhàg e oidhche mhath aice le braoisg mhór, mhór.

Anns a' mhadainn, chuala i troimh straighlich cluig na Sàbaid gleadhraich thruinnsearan anns a' chidsin. Thàinig e steach do'n rùm aice gun ghnogadh agus chuir e air a' bhòrd bheag ri taobh na leapa treidhe le bracaist na Sàbaid air – ugh, isbeanan, muc-fheòil, toast agus cupan teatha.

90   *Amannan*

Choimhead e gu bàidheil sìos oirre, braoisgean cho fada ri Eilean Leódhais air aodann. "Tha mi air tighinn gus taing a thoirt dhuit," ars esan.

Dh'fhidir i solus fann bho fhosgladh beag anns a' chùirtear a' cur sreath buidhe thar na leapa, agus diogadh a' ghleoc bho'n t-seòmar mhór. Dh'fhidir i cuideachd am balach faisg oirre 's e 'na sheasamh os a cionn 's gun càil air ach a bhriogais bheag agus a shùilean trom le taing.

O, dear, dear. Och, seall air an laochan. Tha coltas cho sèimh air, esan agus an dosan aige. Bu chòir dhomh a bhith air mo nàrachadh. Ach chan eil nàire orm, ge-ta. Chan eil boinneag. Uill, beagan math dh'fhaodte, ach is beag fhios càit a bheil an dearbh nàire no an tùirse agus an t-aithreachas. O, dear dear. Nach mi tha mì-chiatach. Mì-chiatach! O, dear, dear.

Rinn i am bracaist as ùr agus chaidh a' mhadainn fodha ann an sruth bhriathran. Ghabh iad cuairt feasgar do'n phàirc agus ghabh e a làmh a rithist 's iad 'nan suidhe le chéile air a' bheing. Cha do shlìob i i air falbh an turus seo. Is gann gun do dh'fhàg gàire a gnùis gus an robh e deiseil leis an sgialachd aige.

B'e mac croiteir a bh'ann. Bha an teaghlach aige a' fuireach anns an àite a b'iomallaiche a bh'ann an Leódhas. Bha piuthar aige ann an Canada agus b'ise an uireas. Cha robh e math air an sgoil agus chaidh a thilgeil a mach aisde airson gun do dh'fhàs e rud beag ro mheasail air na caileagan. Rinn e gàire mór, mór aig a seo agus dh'fhàisg Miss Young an làmh aige. Cha robh móran eile ri innse. Chaidh e air ais chun na croite agus chuidich e athair. 'Se bàrd a bh'ann-san cuideachd. Rinn e òrain – cuid dhiubh drabasda, ach rinn iad tòrr dibhearsain anns an sgìre agus cha robh cron sam bith annta 'na bheachd fhéin. Cha b'e siud beachd nan éildearan, ach cha robh móran aige mu'n déidhinn. Bha e air fàs caran feargach nuair a thugadh iomradh air *éildear* ach rinn e gàire a rìthist nuair a dh'innis e do Mhiss Young na b'àbhaist dha a bhith a' dèanamh anns an eaglais 's e 'na bhalachan òg – fhad 's a bha na h-ùrnuighean fada, fada a' dol air adhart agus a h-uile sùil

Oran Gaoil 91

dùinte ach sùilean nan éildearan, a bhiodh a' sealltainn mun cuairt air tòir peacach no dhà. Nach ann a thog e a làmh gus beannachd a chur orra 's a shùilean fosgailte ag ràdh riutha: "Seo, a bhalacha. Seo mise ann a seo!" agus nach ann a smèid e gu dalma dhaibh. Bha buaireadh mór air a bhith ann eadar e fhéin agus na h-éildearan bho'n àm ud. Cha robh e gu deifir leis fhéin. Bha càirdean is caileagan gu leòr aige agus beatha mhath – bàrdachd, bòidhchead is bràmair, mar a thuirt e; cha robh tòrr ga dhìth. 'Se *A' Chorra-Ghritheach* a chanadh iad ris, gun fhios aige carson.

Ach 'se duine glic a bha 'na athair. Bha e a' fàs aosda agus bha fhios aige gur ann ann an ùine ghoirid a bhiodh a mhac a' gabhail na croite thairis gu buileach. Mar sin, 'se thuirt an t-athair ris am baile mór a thoirt air mus biodh e suidhichte. Bha am mac coma ach dh'fhalbh e – mìos air ais a nise – agus ged a bhiodh e a' tilleadh latha air choireigin ... "A dh'innse na fìrinn," ars esan, "chan eil móran deifir eadar mo bheatha an seo agus thall ann an Leódhas," agus thug e lachan àrd as a chuir eagal air na calamanan agus thuig Miss Young na bha e ag ràdh agus bha i taingeil dha.

B'e geamhradh gun sneachd, gun gairbhe a bh'ann a' bhliadhna ud, geamhradh làn dèanadais. Rinn Miss Young adhartas mór anns a' Ghàidhlig agus aig ceann an ràithe cha smaoinicheadh bodach as an Rubha gum b'e càil a bh'innte ach cailleach a rugadh 's a thogadh 's a dh'fhuirich fad a beatha anns an eilean. Agus cha b'e sin an uireas. Chuir an ràith ròsan 'na gruaidh agus beòthalas 'na ceum agus cha robh nàire no tùirse no aithreachas aice air dhi na goistidhean a chluinntinn anns a' chòisir. Bha làn fhios aice dé bha iad a' smaoineachadh 's ag ràdh agus bha làn fhios aice nach b'e a subhachas a bha fainear dhaibh 's gu robh e thar tuigse dhaibh a bhith a' faireachdainn na bha ise a' faireachdainn.

Cha do dh'fhidir am balach càil. Dh'fhalbh iad le chéile gu na tighean-dealbh, gu na pàircean agus céilidhean. Abair céilidhean! Chuir na guthannan aca aighear ann an iomadach òran Gàidhlig a bha an impis

92 *Amannan*

bàsachadh troimh laigse an luchd-éisdeachd agus bhiodh iad a' seinn fhathast air an socair riutha fhéin air an t-slighe dhachaidh. Tùirse, ionndrainn, gaol, fàsalachd is glòir na mara – cuspairean òran a shìn bho linn gu linn, bho bhruaillean gu mire. Agus bha an gàire gliongach anns an adhar a bha gu blàthachadh roimh thìm an earraich.

Bha coinneamh eile aig a' choisir oidhche Dhihaoine, agus iad a' dèanamh deiseil airson an ath chuirm-ciùil, agus dh'fhalbh Miss Young thuice leatha fhéin agus ceann goirt aig a' ghille. Bha i caran fadalach agus lean a h-uile sùil i 's i a' tighinn a steach. Chrath i sin air falbh, thog i ceann àrd agus ghabh i a h-àite anns an t-sreath.

O, dear, dear. Air dheireadh a rithist. Och, is gann nach eil iad air toiseachadh. Nise, dé tha sinn a' dol a sheinn an toiseach? O, 'se – Togaibh i, togaibh i. *Tha mi'n dòchas nach bi e ag òl. Chan fhan e anns an tigh oidhche Dhi-haoine co-dhiù, ceann goirt ann no as. 'N dùil am bi e tighinn 'na mo choinneamh a nochd. Och, cha bhi, cha bhi. O, tha e fàs blàth an seo a rithist – làn thìde a th'ann cuideachd. Bha e deamhnaidh fuar fad a' gheamhraidh. Dìreach sgriosail. O, siud an dàrna amhran,* Ann an Gleannan mo Ghaoil taobh Loch Lìobhann. *'N dùil a bheil Gàidhlig ann an siud fhathast? Feumaidh gu bheil … beagan co-dhiù. Stad iad. O, 'se* 'Sann an Ile *an àite sin. O, dear, dear – bha mo* rugadh *agus mo* thogadh *troimh-a-chéile an ceartuair. Cha robh mi 'nam aonar, ge-ta.* Antonia leis An Ataireachd Ard *an dràsda. Tha i math air seinn ach théid i ro àrd – seall, tha i ri sgriachail a nise. O, a chiall, nach éisd thu dìreach! O, seall, tha gàire mór, mór air aodann Charlie Smythe – 's bu tu Sàtan! Ah, an t-amhran mu dheireadh –* Eilean an Fhraoich. *Dìreach àlainn. Dìreach àlainn.*

Cha tàinig e 'na coinneamh ach cha do ghabh i an rathad dhachaidh 'na h-aonar. Thairg Charlie Smythe giùlan anns a' chàr dhi agus ghabh i ris.

Air dhi an tigh a ruigsinn, chunnaic i gu robh an solus air agus thug i taing do Mhgr Smythe. Bha am balach aig an tigh, 'na shuidhe air an t-sofa agus bha bus air. Thug i pòg neo-chiontach dhà air mais' a' mhullaich

Oran Gaoil 93

agus dh'fhidir i samh an lionn air an anail aige. Thòisich i air gluasad mun cuairt 's i a' bruidhinn air a' choinneamh – na h-òrain, na mearachdan, Antonia, Charlie Smythe … Choimhead am balach suas agus dh'fheòraich e cuin a bhiodh a' chuirm ann. Bha e fo amharus gum b'urrainn dha dhol ann. A réir na thuirt Miss Young, cha robh gu leòr de thiocaidean air am fàgail co-dhiù. Tosd, gàireachdainn agus thug iad an leabaidh orra …

Nuair a fhuair Miss Young a mach as a' chàr aig Charlie, chunnaic i air ball nach robh solus anns an tigh. Leig i beannachd leis gu cabhagach agus choisich i air a socair suas an staidhre. Chaidh a' chuirm gu math leotha – cha do thog aon mhearachd ceann agus cha robh na h-uiread de dhaoine aca riamh roimhe. Bha na fuinn a' dol troimh ceann fhathast, agus fonn eile nach do ghabh iad an oidhche ud. Bha fhios aice nach biodh duine a stigh, agus fhuair i bileag bhuaidhe air a' bhòrd anns a' chidsin.

A grai,
  Tha fis agat nach eil mi math air sgriabhadh. Mar shin, deanaidh mi copy de amhran as do leabhar,
  O 's fheudar dhomh bhith togail orm;
  Fuireach cha dèan feum ach falbh;
  O 's fheudar dhomh bhith togail orm
  A dhìreadh nam fuar-bheann. (chan eil seo fìr)
Tha mi dulich. Tapa leat. Cheerie –
      A' chora-griach.

Bha e air a dhèanamh 'na dhòigh fhéin agus bu léir dhi gu robh e a' feuchainn ri beannachd a leigeil leatha le bàidhealachd agus blàths. Cha b'iongnadh a bheannachd idir oirre, ach cha deach aice air deur no dhà a chasgadh agus cha robh miann aice a dhèanamh co-dhiù.

Coinneamh eile aig a' chòisir! Cho luath as déidh na téile. O, dear, dear. Nach tug mi leam mo leabhar? O, seo e, seo e. 'S math sin. Dé bha siud? O, ghloicean gun tùr! Nuair a thig cagar a craos cho mór

94   *Amannan*

sin, bidh e dèanamh tòrr fuaim tha falamh. Tha cluasan agam airson cluinntinn fhathast, òinnsich. Cha téid aon chagar, aon ghàire, aon bhròinein *seachad orm air mo chùl. Tha cho beag sgrìd aig a h-uile gin dhiubh. Bha deagh fhios agam nach maireadh e, gum biodh mo chorra-ghritheach air falbh air iteig latha air choireigin. Ach chum mi ré seusan e. Oigear tapaidh son seusan. Mise, cailleach aosda, liurcach le falt liath agus speuclairean agus 'nur sùilean 'na h-òigh gu latha a bàis; ach tha an fhuil air dòrtadh, òinnsich, agus bha ceòl againn agus bruaillean agus tràth mire. Bha tràth mire agam-sa agus gràdh, gràdh ged nach do mhair e ach seusan. Cha do mhair e ach cha bu mhisde e sin. Bha e domhain is math is glan. Seadh, glan, fìorghlan. Chan e fàinne a tha a dhìth orm no tigh air a chàrnadh le sofaichean, 's cha bhi chaoidh a nise. Tha esan air mo lìonadh le mo chuid de ghaol tha saor agus tha mi taingeil dha. 'S cha b'e an aois no an t-aodann seo a thàinig eadarainn, gar sgaradh — chunnaic esan seachad air dìth no anabarr bòidhchid. Cha b'e ach cus gràidh ... 's cha chuirinn-sa stad air gluasad òigeir coltach ris-san. Cha do mhair, cha do mhair. Ach, O, bu chaomh leam ìnnse dhuibh uile mu'n ghaol a bha eadarainn ... O, dé? O, seo a' chiad amhran. Dé th'ann?* Guma slàn do na fearaibh. *'S math sin, O, 's math sin. Siuthadaibh a nise, le braisealachd àghmhor. O, siud Charlie. Duine taitneach a th'ann. Dé? Dé air thalamh tha e dèanamh? 'N ann a' smèideadh dhomh a tha e? 'Sann gu dearbha. O, dear, dear. 'S bu tu Sàtan! 'Se, 'se. O, dear, dear, abair duine!*

Chrìochnaich i an t-òran le braoisgean cho mór ris an Eilean Fhada air a h-aodann. Agus cha robh aobhar air an t-saoghal carson nach dèanadh ise sin.

Eilidh Watt
An t-as-creidmheach

Air sgàth càirdeis agus an cois a chèairde chaidh Iain an saor gu iomadh tiodhlaiceadh. Aig oir na h-uaighe sheasadh e gu sòlumaichte mar bu chubhaidh, a cheann lom, rùisgte, ad 'na làimh ri thaobh. Cha robh fios aige fhéin, no amharus aig neach eile, gun tigeadh turus nuair a bhiodh ad ri aodann gus cleith gu robh an gàire gus bristeadh air. Ach thàinig an turus sin.

Cha b'e an aois gu buileach a thug sgall air ceann Iain, oir bha mailghean tiugha dubha air fhathast, is falt 'na chaisreagan mu a chluasan is ri cùl a chinn. Ach chan eil an cleachdadh a bh'aig Iain aig a h-uile fear air a bheil dìth fuilt. An uair a bha e fo throm-smuaintean, rocadh is phreasadh e 'na shreathan domhain an craiceann bog, bàn a bha air mullach a chinn. Cha tug neach iomradh air a' chleas seo gus an tàinig Gilleabart an rathad. Co-dhiù, b'ann goirid an déidh do Ghilleabart tighinn a thuirt Eóghann, a bha car aoireil, "Chan eil e a' cuimhneachadh dhomh ach each a' maoladh a chluasan. Tha fios agaibh péin dé an comharra a tha sin."

Ann an dùthaich a bha fhathast eòlach air eich, thàinig snuadh a' ghàire air aodainn an fheadhainn sin anns a' chuideachd a thuig ciall a bhriathran is eagnaidheachd an t-samhlaidh; rinn iadsan nach do thuig aodainn fada, sòlumaichte; cha tug fear seach fear a bheachd − fhathast.

Air Iain bha iad riamh eòlach is b'e a' bhùth-shaoirsneachd aige an aon àite céilidh math a bha air fhàgail far an cruinnicheadh na fir oidhche an déidh oidhche, a dh'aindeoin nach faodadh fear pìob no toiteag a lasadh. Bha e mar thomhas air inbheachd Iain nach b'fheudar dha fear a chronachadh airson cion-smuainte.

96 *Amannan*

Ged bha iad ri bruidheann fhear chan fhaodte bhith ri drabasdachd no toibheum. Bho'n a thàinig solus an dealain bha Iain a' cur seachad tìde mhór 'na bhùth ged nach robh obair cho riatanach is a bha i 'na òige. Aig an àm seo bha a' chuid mhòr de obair an ceangal ri àirneis cidsin. Ged dh'fheumadh gach bad a bhith air a dhèanamh gu h-eagnaidh cha robh tlachd mór aig' ann, oir bha e 'm beachd nach b'e sàr obair saoir a bh'ann chionn 's gu faigheadh e móran de'n fhiodh a cheana deasaichte le innealachd an tighe-dhèantais; cha robh móran aige-san ri dhèanamh ach na pìosan a chur ri chéile. Ach an dràsda is a rithist gheibheadh e ciste-laighe ri dèanamh. An uairsin mheòraicheadh e a h-uile h-eang dhith le teòmachd an fhir-chèairde. Bha e 'm beachd gum biodh e a' dèanamh dìmeas air an neach a shiubhail nam biodh ciorram 'na obair-làimhe. Riamh cha tuigeadh Gilleabart carson a bha Iain a' gabhail am barrachd saothair ri obair a bha air a falach anns an ùir na ri obair a bha an còmhnaidh fo shùilean dhaoine. Bha móran nach robh Gilleabart a' tuigsinn.

Air do Ghilleabart tighinn mu Thuath, thadhail e air bùth Iain còmhla ri fear de na balaich. Chòrd an comunn ris; chòrd esan riutha. Chuireadh iad seachad tìde ann an còmhradh is ann an deasbaireachd bheothail, gun ghamhlas. Chuireadh, fad 's a bha iad a' deasbaireachd air ciamar a b'fheàrr an dùthaich a riaghladh no ciamar a b'fheàrr maoin na rioghachd a chur gu feum. Chuireadh, eadhon is fad 's a bha e gan ceasnachadh mu'm beachdan fhéin air beusan na dùthcha.

Ach air cho tric is gun do dh'fheuch e, bha crìoch ann air nach faodadh Gilleabart dol thairis. Bha esan a' cur teagamh anns a h-uile nì air nach robh dearbhadh soilleir aca dha. Bha e air bhioraibh gus am beachdan fhaotainn air an dà shealladh, air taibhsean, air manaidhean. Theireadh esan gu robh inntinn fhéin saor bho gheimhlean saobh-chreidimh ach nach dìteadh esan neach sam bith aig an robh beachdan air an stéidheachadh air bunaitean dearbhte. Chionn 's nach robh fear anns a' chomunn a ghabhadh air fhéin eadarroinn a dhèanamh eadar creideamh is saobh-chreideamh, thuiteadh tosdachd orra is dh'aomadh fearas-chuideachd. Bha Gilleabart a' cur teagamh ann am beachdan nach do dhiùlt iad na bu mhotha na dhiùlt iad bainne màthar, beachdan a chuir am blàth fhéin air an inntinn cho cinnteach is a chuir bainne màthar blàth air am bodhaig. Is cha robh dearbhadh aca dha. Mar sin, theireadh fear is fear, "Aidh, aidh" no "Dìreach, dìreach sin;" ach ann am mionaidean is e bhiodh ann, "Is fheàrr dhomh-sa a bhith tarraing" no "Gheibh mi pìos a' rathad thu," gus am biodh Iain a' toirt sùil mun cuairt, is an oidhche fhathast òg, mun dùnadh e an dorus air bùth fhalamh.

Riamh, gun chòrdadh, gun chùmhnant, dhùin iad an coigreach a mach bho'n eòlas a bha ceilte ann am bith gach aoin aca, eòlas a bha beò ged dh'fhaodte gu robh e air a smàladh. Cha robh amharus aca gum b'e anail tharcuiseach a' choigrich a dhùisgeadh an teine smàlte gu lasraidh dheirg. Ach b'e an dearbh tharchuis sin a ghon Cailean, is Gilleabart a' cur teagamh ann a bhith faicinn nì nach tàinig fhathast gu bith mura robh e a cheana air a dhealbh is air a roimh-shuidheachadh, gus an do bhrùchd na faclan a mach air. "Faighnich thusa de dh'Iain na Buaile. Dh'innseadh esan naidheachd dhuit, nam b'àill leis," ars esan.

Bha rudhadh na feirge is na tàmailt fhathast a' cathachadh air gruaidhean Chailein, ged bha a bhilean teann-druidte air teanga a leum air mun do thionndaidh gach sùil an rathad a bha e mar gu robh gach fear leis am bu leis na sùilean a' cur teagamh 'na chlaisneachd ach gu cùirteil a' feitheamh an tuilleadh ruapais. Aig an aon àm, gun an còrr gluasaid air féith, bha maoidheadh ann an géiread neo-àbhaisteach gach sùla a' cur an ceill a' mhì-thlachd. Gu balbh, cha do chuir fear aonta no as-aonta.

Gu seòlta, cha do ghabh Gilleabart fhéin brath air an tapadh-cion seo is fios aige gu robh Cailean air fhaiceal.

Leis na faclan aig Cailean, chaidh beàrn a dhèanamh anns a' bhalla-dhìon; is ged nach robh cachaileith aige fhathast, bha dòchas aig Gilleabart gun dèanadh e a

98   Amannan

rathad a steach le saothair sheòlta.

Chionn 's nach rachadh aige air am beàrn a mheudachadh fad 's a bha an comunn cruinn, thòisich Gilleabart air Iain a thadhal nuair a bhiodh e leis fhéin feadh an latha. Beag air bheag, le iomadh car is fiaradh air taobh Ghilleabairt, is le iomadh diùltadh amharusach air taobh Iain, dh'fhoghlum Gilleabart na bha ri fhoghlum.

Bha Iain na Buaile a' dol do'n sgoil còmhla ris an t-saor. Aig an àm ud cha robh ann ach fear 'san t-sreath. Cha do chuir clann-sgoile umhail ann – is tha iadsan an còmhnaidh geur gu leòr gus easbhaidh a mhothachadh. Dòcha nach d'rinn e taobh mór ri duine dhiubh, ach b'e leth-leanabh a bh'ann. Bha e fhéin is a chàraid, gille eile, a' dol còmhladh do'n sgoil, agus a réir coltais glé mheasail air a chéile, ged b'ainneamh a bha Niall a' tighinn an rathad a nis. Bha e dèanamh a dhachaidh sìos rathad Shasuinn, mu Bhirmingham no Bristol – àiteigin mu Dheas. Bha, bha iad glé choltach ri chéile 'nan cruth, is gu h-àraidh bha iad coltach ri chéile chionn 's gu robh ceum beag bacaidh annta le chéile. Cha do chuir, cha do chuir sin tilleadh annta, is bha Iain fhéin fhathast cho ealamh ri feannaig an tòir air isean earraich – ged bha e bliadhnaichean na bu shine na'n saor.

Aig an àm sin bheireadh Gilleabart fainear gu robh e aig a' bhearradh. An uairsin leudaicheadh Gilleabart air na beachdan a bh'aig luchd an fhoghluim mu'n fheadhainn a thigeadh aig an aon bhreith – an robh aca ach anam eatorra; an robh ceangal anabarrach dlùth eatorra. Bhiodh Iain air a thàladh le còmhradh gasda.

Cha robh Iain a' tighinn gu baile no eaglais. Ach nach robh móran a bha a' seachnadh an dà àite, is bha Buaile nan Each astar beag air falbh do dhuine a bha fhathast ag obair fad na seachdain. 'Se bad snog a bha 'sa Bhuaile, le lianagan uaine is rasan a' goileam is e a' fiaradh troimh choille bhig gu bàgh fasgach.

Mhothaicheadh Gilleabart oir na crìche 'na àm is bhiodh an còmhradh air ainmean àitean. Is e Buaile nan Each a b'ainm do'n àite. Dh'fhaodte gu math gum b'e

An t-As-creidmheach 99

punnd each a bh'innte uaireigin. B'fhada bho chaidh an cleachdadh as. Dòcha gu robh e gu feum an latha. Is bhiodh an còmhradh fìor ghasda, le ceist is freagairt, mìneachadh is foisgial. Ach cho grinn is gum bitheadh an còmhradh bha na ceistean cho lìonmhor ris na spealtagan fo'm brogan. Ciamar a fhuair Iain a' ghibht seo? An tuirt e riamh gu fac no gun cual e nì neoghnàthaichte? An do chuir duine riamh a' cheist ris? Bhiodh an saor, is aire air obair, cho balbh ri fear de na *Trappists*.

"Uill," arsa Gilleabart, is e togail air nuair nach robh an còrr ri fhaotainn a Iain, "ma gheibh mise an cothrom cuiridh mi ceist no dhà ris. Dòcha gur math leis inntinn a leigeil ri neach aig a bheil spéis, gun eagal, do'n ghibht seo. Có aig tha fios, dh'fhaodte gu bheil a' ghibht am falach annam fhìn." Le gàire fanaideach dh'fhalbh e.

Thug Iain an saor greis air sgioblachadh is air glanadh 'na ghàradh far an robh fas is crìonadh nàdurra, teas grèine is fionnarachd gaoithe, gu tràthail, riaghailteach, is iad a' glanadh bhuaidhe toibheum an fhir ladarna a bh'air tighinn 'nam measg.

Ann am beagan làithean bha Gilleabart air ais. Thàinig e gu sùrdail is nuair a mhol e an latha 'se thuirt e, "Mar a thuirt mi riut, rinn mi oidhirp air eòlas a chur air Iain na Buaile."

Shleamhnaich an sgeilb a bha'n làimh an t-saoir is thug i sgolb nach b'àill leis as an fhiodh. Gun ghuth chrom e, a' tomhas na tuilge le ordaig leathainn.

Lean Gilleabart air. "Chionn 's gu robh an sìde cho math ghabh mi an cothrom sgrìob a ghabhail rathad Buaile nan Each. Cha deach mi teann air an tigh. Ghabh mi m'anail air bruaich ghrianach is có chunna mi ach Iain fhéin. Dh'aithnich mi 'sa spot e. Bha e dìreach mar a dhealbh thu dhomh e, is gun a chas phliutach a' cur bacadh air. Bha mi 'm beachd gu faighinn cothrom bruidhne ach ghabh e sìos an ceum is chaill mi sealladh air, ar leum a measg preasan beaga eadar an tigh is an cladach."

"Tha thu cinnteach gum b'e chunnaic thu?" ars Iain.

"Tha, cinnteach. Bha e dìreach mar a dhealbh thu. Ach chuir e iongnadh orm aodann a bhith cho geal, gun losgadh gréine."

Cha do thionndaidh an saor bho'n obair; ach, gu socair, chuir e ceist eile. "Is cuin a chunna tu Iain?"

"An diugh fhéin. Anns a' mhadainn," fhreagair am fear eile gu sunndach.

An uair nach tàinig dùrd an còrr bho'n t-saor, thug Gilleabart sùil air an obair is le atharrachadh gutha thuirt e, "Is dé tha thu fhéin ris?"

Rinn Iain dìreach a dhruim ach gun tionndadh thuirt e, "Tha mi a' dèanamh ciste-laighe airson Iain na Buaile."

Thionndaidh e is dh'amhairc e air an fhear eile ann an clàr an aodainn mun tuirt e, "Chaochail e a bhòndé."

"A Dhé na trocair, dèan mise a ghleidheadh," arsa Gilleabart. Is gun dùrd an corr eatorra dh'fhalbh Gilleabart.

Chaidh Iain an saor gu tiodhlaiceadh Iain na Buaile, mar a chaidh fir a' bhaile ionn's gu léir. Ach is cinnteach gum b'esan an aon fhear a b'fheudar a bhith ri séideadh sròine air eagal gum bristeadh an gàire air. Chaidh an saor, gu dubhach, gu tigh a' bhròin mar a rinn fir eile. Mu choinneamh, 'na sheasamh ri taobh na ciste, chunnaic e Niall, an leth-chàraid a b'aon bhràthair do dh'Iain. Mur b'e gilead aodainn is am fios gu robh Iain anns a' chiste cha robh neach nach gabhadh e airson a bhràthar.

Thadhail na fir bùth an t-saoir mar a chleachd iad. B'ann an sin a thainig deireadh sgeòil air oidhche ... "Tha mi tuigsinn gun do dh'fhag Gilleabart an dùthaich. Tha'n t-àite aige fo thairgsean."

"Dòcha gu bheil sin cho math. Bha e ri dèanamh fochladhach air ar creideamhan. Tha e cho math gun tug e a chuid teagamhachd leis."

Ged a dh'fhaodadh, e cha tuirt Iain, a bha riamh crìonnta, "A theagamhachd? 'Se sin aon nì nach tug e leis."

Na Sgrìobhadairean

Rugadh **Pòl MacAonghais** ann an 1928 ann am baile Ghuraig, ach bha athair a Bail' a' Chaolais agus a mhàthair a Uibhist a Tuath, agus 'sann an Uibhist a fhuair e a thogail o 1936 an déidh bàs athar. Chaidh e do Sgoil Cheann a' Bhàigh an Uibhist, agus an uairsin do Sgoil Phort-rìgh. Chuir e crìoch air fhoghlum ann an Oilthigh Ghlaschu an déidh dà bhliadhna a chur seachad anns an Arm.

Tha e air a bhith 'na mhaighstir-sgoile ann an Cille Mhoire 'san Eilean Sgiathanach, ann an Dochgarach, faisg air Inbhirnis, agus ann am Pàislig. Ach tha e a nis air ceann bun-sgoil ùir ann an Renfrew.

Ann am Port-rìgh bha e 'na fhear-deasachaidh air an iris *An Cabairneach*, agus sgrìobh e cuid dhe'n bhàrdachd is dhe'n rosg a chaidh ann. Thathar air sgialachdan goirid is bàrdachd leis fhoillseachadh ann an *Gairm*, agus chaidh sgialachdan is dealbh-chluiche leis (*Maith Dhuinn Ar Peacaidhean*) a chraobh-sgaoileadh air an réidio cuideachd. Bha sgialachd aige ann am *Briseadh na Cloiche* (1970), agus 'se a sgrìobh *Teine Ceann Fòid* (1967), eadar-theangachadh air *Ribbon of Fire*, uirsgial le Ailean Caimbeul MacGill-Eathain. (Tha e air *The Rope* le Eóghan O Nèill, an sgrìobhadair ainmeil Ameireaganach, eadar-theangachadh cuideachd.) The dùil ri leabhar de sgialachdan goirid bhuaidhe, agus tha dùil *Maith Dhuinn Ar Peacaidhean* fhoillseachadh cuideachd.

Rugadh **Eilidh Watt** (**Eilidh NicAsgaill**) ann an 1908 anns an Eilean Sgiathanach, agus 'sann ann a tha i a' fuireach an diugh an déidh a dreuchd mar bhean-teagaisg a leigeil dhith. Chaidh i fhéin do Sgoil Phort-rìgh agus an uairsin

102 Amannan

do dh'Oilthigh Ghlaschu, agus an déidh sin thug a dreuchd i do Sgoil an Tairbeirt anns na Hearadh, air ais do Phort-rìgh agus mu dheireadh do Sgoil Nighean Ness-side ann am Fìobha.

'S fhada o thòisich i air sgialachdan is dealbh-chluichean an toiseach, agus chaidh móran dhiubh a chraobh-sgaoileadh. Bha sgialachdan leatha ann am *Briseadh na Cloiche* agus *Mu'n Cuairt an Cagailte* (1972), agus chithear sgialachdan is sgrìobhaidhean eile leatha ann an *Gairm* agus 'sa *Scotsman* glé thric. Ann an 1972 chaidh dà leabhar leatha fhéin fhoillseachadh – *A' Bhratach Dhealrach*, sgialachdan airson dhaoin' òga, agus *Latha a' Choin Duibh agus Ipilidh*, dà sgialachd airson chloinne. Agus tha dùil ri tuilleadh leabhraichean sgialachdan bhuaipe fhathast.

Tha **Pòl Mac a' Bhreatunnaich** a Eòlaigearraidh am Barraidh, far an do rugadh e ann an 1923. A Barraidh chaidh e do dh'Ard-Sgoil Lochabar agus dha'n *Wireless College* ann an Glaschu. An déidh cóig bliadhna dhe'n Chogadh thill e do Cholaisde Sheumais Watt ann an Grianaig.

Tha e an ceartuair aig muir mar *Chief Radio Officer* air an *Southampton Castle*, bàta 13,000 tonna a bhios a' seòladh eadar Southampton agus Afraca a Deas, agus tha a dhachaidh an Newton Stewart.

Tha e air deannan sgialachdan a sgrìobhadh 'sa Bheurla a choisinn duaisean, agus bidh e ri feadhainn ann an Gàidhlig nuair nach bi e ro thrang aig muir. 'Se an fheadhainn anns an leabhar seo a' chiad fheadhainn dhiubh a chaidh fhoillseachadh, ach tha dùil ri tuilleadh bhuaidhe fhathast.

Leódhasach, a Pabail an Rubha, tha **Iain Mac a' Ghobhainn** an diugh a' fuireach anns an Oban, far an robh e 'na mhaighstir-sgoile 'san Ard-Sgoil gu 1977. Rugadh e ann an 1928, agus fhuair e fhoghlum ann an Sgoil MhicNeacail agus an Oilthigh Obar Dheadhain. An déidh sin bha e 'san Arm, agus bha e 'na mhaighstir-

Na Sgrìobhadairean *103*

sgoile airson trì bliadhna ann an Clydebank mun deach e dha'n Oban ann an 1955.

'S fhada o dh'fhoillsich *An Gaidheal* agus *Gairm* na sgrìobhaidhean Gàidhlig aige an toiseach. Air an réidio, cuideachd, chualas òraidean, sgialachdan agus dealbh-chluichean leis, agus choisinn na dealbh-chluichean aige duaisean air an àrd-ùrlar.

A bharrachd air na tha air nochdadh de sgrìobhadh Beurla leis ann an irisean is leabhraichean, thathar air trì deug de leabhraichean Gàidhlig leis fhoillseachadh thuige seo, naodh dhiubh airson inbheach: *Bùrn is Aran* (1960, sgialachdan is bàrdachd agus 1974, na sgialachdan a mhàin); *An Dubh is an Gorm* (1963, sgialachdan); *Bìobuill is Sanasan-reice* (1965, bàrdachd); *A' Chùirt* agus *An Coileach* (1966, dealbh-chluichean); *Maighstirean is Ministearan* (1970, sgialachdan); *An t-Adhar Ameireaganach* (1973, sgialachdan); *Eadar Fealla-dhà is Glaschu* (1974, bàrdachd); agus *An t-Aonaran* (1976, uirsgial).

Tha e air ceithir a sgrìobhadh airson chloinne: *Iain am measg nan Reultan* (1970, uirsgial); *Rabhdan is Rudan* (1973, duanagan); *Tormod 's na Dolaichean agus Màiri 's an t-Each Fiodh* (1976, dà sgialachd); agus *Little Red Riding Hood agus An Dorus Iaruinn* (1977, dà sgialachd eile).

Tha dùil a dh'aithghearr ri leabhar bhuaidhe de dh'eadar-theangachaidhean Gàidhlig o bhàrdachd an t-saoghail.

Rugadh an t-Urr. **Cailein Tormod MacCoinnich** ann an eilean Tharasaidh air taobh an Iar na Hearadh ann an 1917, agus thogadh ann e. An déidh bun-sgoil an eilein fhàgail, chaidh e do dh'Ard-Sgoil Chinn a' Ghiùthsaich agus an uairsin do dh'Oilthigh Chill Rìmhinn.

Tha e air a bhith 'na mhinistear aig Eaglais na h-Alba ann an Uibhist a Deas agus ann an Cille Chaoineig an siorrachd Air, ach tha e an diugh ann an Cnoc Mhoire (Kirkhill), mu ochd mìle a Inbhirnis.

Choisinn e Crùn na Bàrdachd aig a' Mhòd ann an 1952, agus tha bàrdachd agus sgialachdan leis air a bhith nochdadh ann an *Gairm* o thòisich e. Chaidh móran

104 Amannan

sgialachdan leis a chraobh-sgaoileadh agus thug e bliadhnaichean a' sgrìobhadh is a' leughadh nan Naidheachdan Gàidhlig. Cluinnear a ghuth fhathast o àm gu àm cuideachd, le òraidean is sgialachdan.

Bha sgialachdan leis a measg fheadhainn eile ann an *Rosg nan Eilean* (1966) agus ann am *Mu'n Cuairt an Cagailte*, ach chaidh an cruinneachadh an toiseach anns na leabhraichean aige fhéin – *Oirthir Tìm* (1969) agus *Mar Sgeul a dh'innseas Neach* (1971). 'Sann an 1971 cuideachd a nochd an uirsgial aige, *A' Leth Eile*, agus ann an 1973 nochd *Nach Neònach Sin*, leabhar mu nithean annasach is iongantach.

Tha e air tuilleadh uirsgialan a sgrìobhadh, feadhainn dhiubh airson chloinne, agus tha dùil riutha sin agus ri leabhraichean eile bhuaidhe fhathast.

'Se Leódhasach a th'ann an **Dómhnull Iain MacIomhair**. Rugadh e ann an 1942 ann an Lacasdal, agus fhuair e àrach ann an Uig is ann an Siadar air taobh Siar an eilein. Chaidh e do Sgoil MhicNeacail, agus an déidh sin chuir e seachad ceithir bliadhna ann an Oilthigh Obar Dheadhain ag ionnsachadh nan cànan Ceilteach. Tha e an diugh 'na phrìomh fhear-teagaisg Gàidhlig ann an Sgoil MhicNeacail.

Tha e air a bhith 'na fhear-deasachaidh o 1971 air *Sruth*, an duilleag Ghàidhlig a bhios a' nochdadh 'sa *Stornoway Gazette* gach mìos. Nochd grunnan dhe na sgialachdan aige fhéin ann, agus gheibhear té eile dhiubh ann am *Mu'n Cuairt an Cagailte*. Tha e air dealbh-chluichean agus bàrdachd a sgrìobhadh nach deach a chur an leabhar fhathast, agus tha dùil a dh'aithghearr ri leabhraichean-sgoile a dheasaich e.

Rugadh **Donnchadh MacLabhruinn** ann an Dun Breatann ann an 1950, is chaidh a thogail ann an Clydebank. Thug e mach foghlum anns na cànanan Ceilteach agus an Gearmailtis ann an Oilthigh Ghlaschu, agus bha e greis ag obair anns an Eilbheis agus anns a' Ghearmailt. Thug e an uairsin dà bhliadhna ann an Tigh nan Cumantan ann an Lunnainn mar fhear-sgrùdaidh aig an SNP. Tha e aig an SNP fhathast, ach 'sann mar *Press Officer* ann an Dun Eideann.

Gheibhear sgrìobhadh leis ann an *Gairm* o àm gu àm, agus tha colbh Gàidhlig aige gach mìos 'sa *Scots Independent*.